...T NOÉMI

ou

...ÉDICTION PATERNELLE.

(Traduction libre de l'Écriture-sainte.)

Noémi sortait de sa pauvre cabane, la main appuyée sur l'épaule de la jeune Ruth, sa fille. L'aurore resplandissante annonçait le soleil sur les collines de l'Orient, le soleil parut bientôt lui-même, et ses rayons se répandirent sur les plaines et les montagnes. Noémi, promena ses regards autour d'elle, et soupira. Ruth leva les yeux : elle vit sur le visage de sa mère une larme où la lumière se jouait comme sur une goutte de rosée. O ma mère, dit la jeune Ruth, les larmes couleront-elles toujours sur ton visage ! Quand nous étions dans le pays de Moab, tu pleurais, disais-tu, parce que tu étais loin d'Israël, ta patrie ; nous avons quitté le pays de Moab, nous voilà dans Israël, et tu pleures encore. — Ah ! ma fille ! lorsqu'après tant d'années on revoit les lieux où les beaux jours de notre enfance se sont écoulés, où nos pères ont vécu, où leurs cendres reposent, peut-on refuser une larme à tant de souvenirs qui nous retracent des temps qui ne sont plus ? Vois ces magnifiques champs de blé dont le vent du matin agite mollement les épis. — Oui, ma mère, et de ces nombreux épis il n'y en a pas un seul qui nous appartienne. — Regarde la ville de Bethléem, qui embellit aussi ces plaines. — Hélas ! ma mère est obligée d'habiter au milieu de ces plaines, même dans une cabane de paille. — N'admires-tu pas ces collines couvertes de pâturages où se répandent en ce moment des troupeaux qui paraissent innombrables ? — Je les admire ; mais je n'y puis conduire que mes deux chèvres ; on ne les verrait pas d'ici sur les collines parmi ces innombrables troupeaux. — Au milieu de ces douze palmiers là-bas, reprit Noémi, est le puits où les jeunes filles de Bethléem viennent, le soir, remplir le grand vase de terre qu'elles portent sur leur épaule en s'en retournant. J'y suis venue bien des fois dans ma jeunesse, au puits des douze palmiers ; j'y abreuvais mon troupeau, j'y dansais avec les jeunes filles de Bethléem, et je m'en retournais avec elles, mon vase de terre sur l'épaule. O ma chère Ruth, qu'il est doux de revoir sa patrie, même lorsque l'on y ramène avec soi la pauvreté ! Ah ! si mon cœur, au milieu de tant de souvenirs délicieux, n'en renfermait pas un cruel qui le déchire sans cesse..... Ruth, ma fille, si tu avais offensé ta mère, si tu avais rempli d'amertume les jours de sa vieillesse, pourrais-tu éprouver une joie sans mélange à la vue de l'aurore et des champs? — O ma mère, que me dites-vous! si je vous avais offensée, si je remplissais vos jours d'amertume!... j'en mourrais de douleur. Eh bien, tu me vois vivre encore, reprit Noémi en versant de nouvelles larmes, et cependant mon père m'a maudite...

Ruth, effrayée, allait répliquer; mais sa mère, par un signe, lui imposa silence. Asseyons-nous, dit-elle, sous ce genévrier. Elles s'assirent et restèrent quelque temps sans rien dire. Noémi reprit la parole en ces termes. Ma fille, longtemps vous avez cru que je m'affligeais sur mon infortune; votre jeunesse m'engageait à vous laisser dans cette erreur, maintenant que vous voyez pour la seizième fois mûrir les moissons, je dois vous faire connaître les peines secrètes de mon cœur.

Je suis née dans Bethléem, comme je vous l'ai dit. Booz, mon père, possède une partie des champs qui sont sous nos yeux, une partie des troupeaux qui couvrent ces collines, et de nombreux serviteurs remplissent sa maison. Longtemps il me regarda comme un de ses plus précieux trésors. Quand j'étais assise à sa table auprès de Rama, ma mère, et que Mahalon, mon frère, était auprès de lui, la satisfaction et le bonheur reposaient dans son sein; la joie animait doucement les traits de son visage; il nous bénissait, et prenait plaisir à parler de la gloire que nous et nos enfants devions donner à sa vieillesse. Vaine espérance! la douleur est venue en place de la joie, et j'ai été pour lui un sujet de honte et non de gloire!

Il y a environ dix-sept ans que le fléau de Dieu vint affliger Israël: les champs furent frappés de stérilité, et les épis, vides et desséchés, ne s'élevèrent sur les guérets que pour augmenter les regrets des hommes. Le peuple gémit, et quitta, en partie, ses villes et ses campagnes, pour aller chercher la nourriture qui lui manquait. Booz, ayant pris son or et son argent, emmena sa famille au-delà du Jourdain, et se retira chez les Moabites, où nous retrouvâmes l'abondance. Nous plaçames nos tentes sur les bords du fleuve Arnon, à quelque distance de Rabbath, la ville de Moab entourée de murs de briques. Nous restâmes près d'une année dans cette terre hospitalière. Je vis avec effroi le jour où nous devions repasser le Jourdain. Je n'avais guère que ton âge à cette époque. J'avais vu souvent un jeune Moabite, qui, plus que ses compatriotes, paraissait touché de nos malheurs. Il se nommait Elimelech. Sa compassion me l'avait fait remarquer : mon cœur m'avait parlé en sa faveur, comme le sien parlait en la nôtre. Il fut le premier qui, aidé de ses serviteurs, vint avec ses bêtes de somme nous apporter ce qui nous était nécessaire. Mon père le recevait avec joie et l'arrêtait quelquefois sous sa tente. Quelquefois aussi je le rencontrais sur les bords de l'Arnon avec ses sœurs, et il m'invitait à me promener avec elles ; il se retirait ordinairement à quelques pas pour jouir du spectacle de nos jeux. Mais quelque part qu'il me vît, ou dans nos tentes, ou sur les bords du fleuve, j'étais toujours la personne dont il s'occupait le plus et pour qui il semblait tout faire. Que te dirai-je, ma fille ? Il m'aimait, et je ne pus m'empêcher de l'aimer également.

Un jour je le vis arriver à la tente que nous habitions, suivant avec respect un vieillard qui le précédait de quelques pas. Mon cœur tressaillit dans mon sein quand je l'aperçus ; je crus deviner dans son air timide ce qui allait se passer. Booz, mon père, se leva, sortit devant la tente, et, adressant la parole au vieillard, il lui dit : Respectable habitant de Moab, si l'ombrage de ces palmiers, si l'abri de cette tente vous sont agréables, arrêtez-vous, et recevez chez un Israélite l'hospitalité que votre nation accorde si généreusement à la nôtre. Booz, répondit le Moabite, digne fils des patriarches, heureux père de la belle Noémi, c'est vous que je *viens trouver, c'est sous votre tente que je* désire prendre quelques momens de repos. Il dit, et conduit par Booz, il fut s'assoir à l'entrée de la tente. Elimelech se plaça au-dessous de lui. Aussitôt j'apportai devant eux un quartier de chevrau qui sortait de dessus un brasier ardent, des fruits nouvellement cueillis, et un vase d'un excellent vin. Ils mangèrent. L'orsque j'eus retiré les débris du repas, le vieillard de Moab parla en ces termes, je n'étais point présente, mais je pus l'*entendre, et je n'ai perdu aucune* parole de son discours. Respectable Booz, dit-il, nos deux peuples, quoique divisés par les lois *qu'ils suivent* et les dieux *qu'ils adorent*, sont cependant descendu de la même source; Abraham fut le fondateur du vôtre, et Loth, son neveu, donna le jour à Moab, le père de notre nation (1): unissons-nous comme nos pères furent unis; voilà mon fils, j'ai vu votre fille; que votre bouche réponde favorablement à ma demande, et nos enfants seront époux.

Booz, pendant tout ce discours, paraissait triste et rêveur. Respectable Moabite, ré-*pondit-il, vous l'avez dit vous-même; nos*

---

(1) *Tharé* eut deux fils, *Abraham* et *Aram*. Ce dernier fut le père de *Loth*: ainsi les Moabites et les Israélites descendaient de la même source.

deux peuples sont divisés par les lois et la religion : je n'adore point vos dieux, et vous avez le malheur de méconnaître le mien. Pourquoi unirions-nous nos enfants, quand nos deux nations ne peuvent s'unir ? Votre peuple reprocherait à ma fille son origine, et mes frères me verraient d'un mauvais œil pour avoir fait mon gendre d'un Moabite (1) Restons-en donc au lien qui attache les hommes les uns aux autres. Booz se leva ; et le Moabite, sentant bien qu'il n'y avait rien à espérer, se leva de même, et reprit la route de Rabbath, en consolant son fils.

Quand j'entendis cet entretien, quand je vis le vieillard et son fils retourner sons espoir à Rabbath, mon cœur fut navré et je versai des larmes. Mon père me surprit dans ma douleur et le courroux étincela dans ses yeux. Et quoi ! me dit-il, oubliez-vous que vous êtes une fille d'Israël, que vous adorez le vrai Dieu, et que les enfants de Moab ne placent que de vaines idoles sur leurs autels ?

---

(1) Les Hébreux pouvaient épouser les filles Moabites, et le livre même de *Ruth* (dont cette historiette est une légère imitation) en offre une preuve dans le mariage des deux fils de Noëmi ; mais ces unions étaient rares, et la haine qui divisait les deux peuples, jointe à la différence des religions, devait les faire condamner généralement : cela m'a suffi et a dû me suffire pour bâtir une fiction.

Voudriez-vous que j'eusse des petits-fils qui outrageassent le Dieu de mes père ? Noémi, je vous défends de penser au jeune Moabite qui sort de ces lieux ; et craignez d'oublier que Dieu lui-même vous ordonne d'obéir à votre père.

Hélas cette crainte salutaire sortit de mon cœur. Je revis Elimelech, je prêtai l'oreille à ses discours dangereux, et ma perte fut resolue. Il me fit jurer d'abandonner mon père au moment de son départ, et de me réfugier dans Rabbath, où je deviendrais aussitôt son épouse. Les passions aveuglent les mortels : je ne voulus point voir le crime que j'allais commettre, et je crus me rendre heureuse pour la vie. Suivant mon serment impie, dès que je vis les serviteurs de mon père charger les bêtes de somme et préparer notre retour en Israël, je m'échappai d'auprès de ma mère, et sous prétexte de voir encore une fois les bords fleuris de l'Arnon, je courus, comme une insensée, vers les portes de Rabbath, où je trouvai Elimelech qui m'attendait avec impatience : à l'instant même il cria à haute voix que j'étais son épouse, et me conduisit devant les vieillards de la ville pour le déclarer. Son père le blâma d'abord ; mais quand il eut vu notre amour mutuel, il eut la faiblesse de consentir. Elimelech, entourré de ses amis, me conduisait en triomphe dans sa maison, quand mon père parut au milieu de notre chemin : l'ange exterminateur armé de la foudre, n'eût pas produit sur moi une impression plus terrible ; je fus aussitôt frappée de toute l'énormite de mon crime, et je tombai presque sans vie entre les bras de ceux qui me suivaient avec des acclamations de joie. Je ne pus entendre les paroles du sévère Booz : je n'entendis point non plus les paroles de mon époux.

Quand je rouvris les yeux à la lumière, je me vis au milieu d'une troupe d'étrangers, et sous un toit que je ne connaissait point : je sentis alors que j'étais seule, abandonnée, et je pleurais en pensant à ma mère. Elimelech s'empressa de paraître, et sa présence apporta quelque soulagement à ma douleur. Sa tendresse essaya de me consoler : il me dit que mon père, après avoir exalé le premier feu de sa colère, était revenu à des sentiments plus doux, qu'il avait enfin permis que sa fille devînt l'épouse d'un Moabite, mais que dans ces premiers moments il n'avait pu prendre sur lui de me revoir, qu'il était retourné auprès de ses bagages, et s'était aussitôt éloigné du pays de Moab.

Je ne sais quoi me frappait dans la figure d'Elimelech, tandis qu'il me parlait ainsi ; elle ne me semblait point d'accord avec ses paroles ; il n'affirmait qu'avec crainte et en rougissant ; je voulais le croire et ne pouvais y parvenir ; je sentais qu'il s'efforçait de faire un mensonge qui me rendit la tranquillité ; et l'inquiétude qu'il me laissa fut presque aussi cruelle pour moi que l'eût été la vérité même. Hélas ! la voix de mon cœur ne me trompait point ; le plus grand malheur qui puisse accabler les hommes était tombé sur moi ; mon père m'avait maudite !..... Oui, ma fille, sa voix avait prononcé contre moi la malédiction que le ciel accomplit sur les enfants criminels ; j'ai tout su depuis : il avait d'abord redemandé sa fille ; toutes les personnes qui accompagnaient Elimelech avaient en vain essayé d'obtenir son consentement ; il avait répondu qu'il ne devait pas y avoir plus d'union entre une fille d'Israël et un enfant de Moab, qu'entre la colombe et l'épervier. Ces paroles de mépris changèrent les cœurs des Moabites ; ils laissèrent les supplications, et répondirent avec fierté : ils dirent qu'il convenait peu à Booz de mépriser la nation qui lui avait donné l'hospitalité et la nourriture, et ils le chassèrent de leur ville, tandis qu'on m'emportait à la maison de mon époux. Moabites, s'écria le vieillard en se retournant vers eux lorsqu'il fut hors des murailles, Moabites, vous pouvez empêcher un père de parvenir jusqu'à sa fille, mais vous n'empêcherez pas la puissance de Dieu de l'atteindre : Dieu lancera sur elle, comme les traits de la foudre, la malédiction qui sortira de ma bouche. Puis, élevant ses deux mains, il poursuivit avec force : je maudis la fille qui a méprisé les conseils et la volonté de son père ; je l'abandonne aux mains étrangères qui l'ont ravie ; ma maison ne doit plus la recevoir, mes champs ne donneront plus de fruits pour la nourrir ; elle est morte pour moi, pour sa famille, pour son pays. Qu'elle poursuive le fantôme de bonheur qui l'égare ; quand elle croira l'avoir saisi, elle ne trouvera que le remords dans son cœur. Moabites, voilà ce que vous redirez à la fille de Booz..

O ma fille ! ô ma chère Ruth ! quelles paroles terribles quand elles sortent de la bouche d'un père irrité ! Je serais morte sur-le-champ, si j'eusse pu les entendre. Elimelech me les cacha longtemps ; longtemps il s'efforça de les oublier lui-même, et jamais elles ne sortirent de sa mémoire. Quelquefois il pleurait en me regardant : il songeait aux maux que son amour avait attirés sur ma tête ; mais il n'osait m'ouvrir son cœur, Ce ne fut qu'au lit de la mort, après dix ans d'un mariage que la joie n'accompagna point, qu'il me marqua tout son repentir et toutes ses craintes ; il expira en me suppliant de lui pardonner. Il m'aimait, et j'étais plus coupable encore que lui ; comment aurais-je pu le haïr ou l'accuser ?

Quand il fut sorti de ce monde, je me trouvai entièrement seule : son père l'avait précédé au tombeau. Ses parents qui, depuis longtemps, me regardaient avec des yeux de haine, ne se contraignirent plus. Après m'avoir arraché tous mes biens, ils me firent durement sentir que j'étais étrangère, ils me reprochèrent, ainsi que mon père l'avait prédit, mon origine et le Dieu que j'adore : ils m'éloignèrent, et se réjouirent quand ils me virent dans l'abîme de la misère.

Je n'osai me plaindre : j'avais mérité ces malheurs ; c'était l'effet de la malédiction qui reposait sur ma tête. Tu grandissais, ma fille : tu voyais mes larmes couler chaque jour ; tu m'entendais gémir, et tu ignorais la cause de mes pleurs et de mes gémissemens Comme je proférais souvent, dans ma douleur, le nom d'Israël, tu crus que je ne regretais que les lieux qui m'avaient vu naître. Tu m'engageais à revenir dans la terre de nos pères ; m'y voilà : j'ai quitté le pays de Moab où j'avais été chercher les remords et l'indigence ; je suis maintenant dans Israël, où je retrouve l'indigence et les remords ; partout où je porterai mes pas, les mêmes malheurs m'accompagneront. Ici, plus qu'ailleurs encore, je sentirai le poids qui m'accable ; ces champs me rappellent un bonheur qui n'est plus, j'y rencontre mes anciennes amies ; celles qui dans les beaux jours de l'âge accouraient mêler leur joie à la mienne ; elles passent auprès de moi, et ne me reconnaissent point : elles ont vu autrefois Noémi, cette Noémi qui avait le nom de belle ; elles ne rencontrent qu'une infortunée flétrie comme la fleur des prés à la fin d'un jour brûlant, comment pourraient-elles me reconnaître ? Booz lui-même n'a point su démêler les traits de sa fille quand il l'a vue passer à son côté. La douleur a augmenté le nombre de mes années, et je ne suis plus qu'une étrangère pour ceux qui m'ont chérie le plus tendrement.

Mais pourrais-je désirer que l'on me reconnût ? N'est-ce pas assez que mon aspect annonce que je suis malheureuse ? faudrait-il encore qu'il apprît combien je suis coupable ? Je remarque, au moins quelquefois, la douce compassion dans les yeux de ceux qui me regardent ; et je n'y verrais plus, si mon nom était prononcé, que l'horreur qu'inspire le signe de la réprobation. Tout Bethléem m'a connue, tout Bethléem m'a condamnée ; on a plaint mon père, on a pleuré sur ma mère.. ma mère !... Viens, ma fille, viens ; et sache enfin ce que je dois souffrir !

En disant ces mots d'un air égaré, Noémi saisit par la main la jeune Ruth qui était toute en pleurs, et l'entraîna avec elle. Après avoir traversé plusieurs champs de blé, elles arrivèrent devant un petit tertre de gazon ombragé par quelques palmiers. C'est ici que je te conduisais, ma fille, dit Noémi avec l'accent d'une profonde douleur, ici où je devrais mourir de désespoir. Sais-tu quels ossements reposent sous cette terre? Mon effroi ne te l'a-t-il pas déjà appris?... Tu frémis!... Eh bien, oui, ce sont ceux de ma mère, et c'est moi qui ai causé sa mort, c'est la douleur qui l'a fait descendre au tombeau!

Noémi ne put dire que ces mots, et elle tomba sur la terre qui couvrait les ossements de sa mère. Elle y resta longtemps, et Ruth, pleurant en silence auprès d'elle, la regardait, sans oser la consoler. Tu vois, ma fille, reprit Noémi, tu vois quel est le châtiment de l'enfant qui a méprisé la voix de son père.

Ecoute, ma chère Ruth, reprit-elle, après quelques moments de réflexions; tel sera mon sort jusqu'au jour du trépas, la douleur et l'indigence. Tu es jeune, tu es innocente: il n'est pas juste que tes beaux jours soient perdus, parce que ta mère a été criminelle; retourne vers les Moabites, présente-toi devant les parents de ton père: dès l'instant qu'ils ne me verront plus, ils t'aimeront; c'est moi qu'ils haïssent, ils s'empresseront d'accueillir la fille de leur parent, et tu seras heureuse.

O ma mère! s'écria Ruth, ai-je donc fait quelque faute qui vous donne sujet de croire que votre fille puisse vous abandonner dans le malheur? Non, non.... en quelque lieu que vous alliez, j'irai avec vous; partout où vous demeurerez j'y demeurerai aussi, et la terre où vous mourrez me verra mourir. Voilà mon vœu, ma mère, et Dieu qui nous ordonne d'aimer nos parents, doit me traiter dans toute sa rigueur, si j'ai le malheur d'y manquer.

Oui, reprit Noémi avec feu, oui, mon enfant, reste avec ta mère, partage sa douleur, supporte son indigence; ce sacrifice te sera compté, le souvenir des peines de ta jeunesse fera les délices de tes vieux jours; tu n'auras pas à pleurer d'avoir affligé celle qui t'a donné la vie. N'imite point mon crime, souffre un instant, pour jouir d'une félicité éternelle.

En parlant ainsi, Noémi saisit sa fille dans ses bras, et la serra vivement sur son cœur. Toutes deux pleurèrent et furent plus calmes ensuite.

On approchait alors de cette riche saison où le laboureur recueille les fruits de ses sueurs: les plaines étaient couvertes de jaunes moissons que les hommes regardaient d'un œil satisfait, en attendant le jour où le moissonneur viendrait, armé de sa faucille. Ce jour parut; et la joie et le travail se répandirent ensemble dans les campagnes. Ruth, du seuil de sa triste cabane, voyait ce mouvement général, ces richesses de la terre et cette joie des hommes : elle soupirait en pensant au dénuement de Noémi. Ma mère, lui dit-elle, l'oiseau a droit aux grains qui mûrissent dans les champs, et le pauvre a la liberté de ramasser ce qui s'échappe de la main du riche. Si vous l'agréez, j'irai dans ces plaines, et, partout où je trouverai quelque père de famille qui me témoigne de la bonté, je ramasserai les épis qui seront échappés aux moissonneurs. Noémi lui répondit : allez, ma fille ; et puis elle se retira dans un coin de sa demeure pour pleurer en silence.

Ruth s'éloigne. Longtemps elle hésite pour savoir dans quel champ elle entrera ; elle consulte les figures, et cherche à découvrir celle où la bonté se montre ; enfin elle se décide, et son cœur bat avec violence quand elle se baisse pour ramasser le premier épi. Elle suit au loin la troupe active des glaneuses, et craint encore qu'on ne lui fasse quelque reproche.

Un jeune Hébreu, beau comme le messager céleste, et qui avait vu deux moissons de plus que la fille de Noémi, la remarqua à cause de sa timidité qui la faisait tenir à l'écart. Il s'approcha doucement d'elle ; Ruth leva sur lui un regard comme lorsque l'on supplie. Aser, c'était le nom du jeune Hébreu, en fut touché jusqu'au cœur. Jeune fille, lui dit-il d'une voix presque tremblante, pourquoi restez-vous si loin en arrière des glaneuses ? elles ne vous laissent rien à ramasser. Je suis étrangère, répondit Ruth à voix basse, et je crains. Quoi ! reprit Aser, seriez-vous la fille de cette Moabite qui est venue se fixer dans nos plaines ? — Je suis sa fille. — Ah ! s'il est ainsi, poursuivit le jeune homme, entrez et glanez dans ce champ ; glanez auprès des javelles. Le possesseur de ces moissons est l'ami des infortunés ; il aime surtout les enfants qui soutiennent la vieillesse de leurs parents ; et l'on dit que vous êtes le seul soutient de votre mère. — Hélas ! il n'est que trop vrai, répliqua la fille de Noémi. Plût à Dieu qu'elle eût un fils ! sa misère ne serait pas si grande : je puis si peu de chose pour elle ! — Ah ! si votre pouvoir répondait à votre tendresse, interrompit Aser, je le vois, votre mère serait la plus heureuse des femmes..... Mais je vous fais perdre le temps que vous vouliez employer pour cette mère chérie ; souffrez que je répare cette faute.

En disant ces mots, le jeune Hébreu courut prendre une brassée d'épis, et revint la présenter à Ruth. Prenez, dit-il ; votre timidité vous empêche de marcher à côté des autres glaneuses, et ce soir vous n'auriez rien à rapporter à votre mère. Ruth, vermeille en ce moment comme la rose du matin, baisse les yeux et n'ose recevoir. Pourquoi refuser? reprend Aser: craignez-vous de diminuer nos richesses? Booz veut que le pauvre en reçoive sa part.

Que dites-vous? interrompit Ruth avec vivacité; ce champ appartient à Booz? Je vous l'ai dit, répondit Aser: mais connaîtriez-vous Booz? auriez-vous déjà éprouvé sa bienfaisance? tous les infortunés le bénissent. — Ah! de sa main je les reçois avec empressement, dit Ruth, pleine d'une tendre émotion. Puis, les ayant reçus, elle les pressa contre son sein en se disant en elle-même: c'est du pain de son père, et non de celui de l'aumône, que Noémi se nourrira. Aser, n'attendant point ces remercîments, était déjà loin d'elle, et s'en alla pour que sa présence ne fît point souffrir la pudeur de cette infortunée.

Ruth, assise sur une gerbe et bénissant Dieu du secours qu'il lui envoyait, liait en bottes les épis qu'on lui avait donnés, lorsque les autres glaneuses, repassant devant elle, furent étonnées de lui voir tous ces épis entre les mains. Et comment a-t-elle pu les ramasser? dit une de ces femmes; elle ne fait que d'entrer dans ce champ et s'est toujours tenue derrière nous. — Cela est extraordinaire, reprit une autre: nous qui glanons depuis le lever du soleil, et qui avons toujours été auprès des moissonneurs, nous sommes loin d'avoir autant d'épis à montrer.

— Elle a donc pris ceux qu'elle tient ? remarqua un autre glaneuse. — Cela pourrait bien être, dit une quatrième. — Rien n'est plus certain, ajouta une cinquième ; elle est encore assise sur la gerbe d'où elle les a tirés. C'est la fille de cette femme qui, depuis quelques jours, est arrivée du pays de Moab : on ne les connaît pas ; elles croient sans doute pouvoir tromper impunément dans ce pays. Avertissons Booz : sa bienfaisance nous ordonne ce soin. Toutes les voix répétèrent : avertissons Booz.

En ce moment vint à passer le serviteur qui veillait sur les moissonneurs de Booz. Les femmes l'appellèrent, et lui dirent que la jeune Moabite avait pris des épis dans les gerbes mêmes. Aussitôt le zélé serviteur se dirige avec un front sévère vers Ruth qui commençait à s'inquiéter de voir ce groupe de femmes arrêtées devant elle. Etrangère, lui dit-il, ne profitez-vous de l'hospitalité que l'on vous accorde que pour dérober le bien de ceux mêmes qui s'empressent d'en faire part aux indigents ? O Dieu ! que dites-vous ? s'écria Ruth effrayée ; pensez-vous que j'aie pu prendre quelque chose ? Je vous le demande, dit le serviteur : d'où vous vient tout ce blé ? N'êtes-vous pas encore sur la gerbe d'où vous l'avez tiré ? Ruth s'empressa d'expliquer ce qui lui était arrivé. Le serviteur sourit, comme lorsqu'on ne croit pas, et se contenta de lui répondre qu'il ne connaissait point de jeune homme qui pût lui donner ce qu'elle prétendait avoir reçu. Toutes les glaneuses alors insultèrent à son malheur en poussant de grands cris, et en disant qu'elle serait conduite devant les juges. Ruth, ne pouvant se faire entendre, cacha son visage dans ses mains, et se repentit d'avoir reçu l'offrande d'un inconnu.

Le serviteur la faisait lever, et lui ordonnait de le suivre, lorsqu'un murmure qui s'élevait parmi la troupe des femmes, annonça l'arrivée de Booz. Le vénérable vieillard demanda le sujet de ce qu'il voyait. Le serviteur s'empressa de le lui apprendre. Ruth, quand il eut fini, leva les yeux baignés de pleurs ; et le front de Booz, qui s'était d'abord obscurci, redevint aussitôt calme et serein : il vit l'innocence même sur la figure de celle qu'on accusait ; et, touché de pitié, il dit au serviteur en montrant les épis : quoi ! Josias, est-ce pour si peu de chose que vous affligez cette infortunée? Relevez-vous, mon enfant ; je vois bien que vous n'êtes point coupable ; si vous l'étiez devenue, une pauvreté extrême serait sans doute votre excuse. Si je n'accuse point l'oiseau qui se nourrit des grains de mes champs, accuserais-je le pauvre qui imite l'oiseau du ciel ? Venez, ma fille, calmez l'émotion de votre cœur.

O respectable vieillard ! dit la belle Ruth, encouragée par ces douces paroles, si j'étais coupable je me laisserais tomber la face contre terre, et n'oserais la relever tant que vous seriez devant moi ; mais je puis encore porter mon regard vers vous, je suis digne que vous m'appeliez votre fille. En parlant ainsi, sa figure rayonnait de cette beauté ravissante que donne la vertu. Elle poursuivit :

La pauvrete, il est vrai, m'a conduite dans votre champ pour y ramasser ce qui échappe à la main du moissonneur ; mais la bienfaisance est venue à mon secours : un jeune homme, touché de mon sort et de ma timidité, a pris une brassée d'épis, et me l'a offerte en disant : prenez, Booz veut que le pauvre ait part à ses richesses, et il vous donnerait lui-même ces épis s'il était présent.

Dieu bénisse ce bon jeune homme ! s'écria Booz ; il connait mon cœur, et je le remercie d'avoir fait le bien que je n'étais pas à portée de faire... De quelle contrée venez-vous, aimable fille ? car je ne crois pas vous avoir rencontrée dans les environs de Bethléem. Je suis née dans le pays de Moab, répondit Ruth, et ce n'est que depuis peu de jours que ma mère est venue se fixer dans ces lieux. J'ai entendu parler d'elle, reprti Booz ; on dit qu'elle n'aime que la solitude, sans doute quelque grande douleur occupe son ame : on dit aussi que vous remplissez les devoirs d'une fille tendre et respectueuse ; vous faites bien : Dieu vous bénira, et vous méritez la bienveillance des hommes. Ruth se baissa, et appuya ses lèvres reconnaissantes sur la main du vieillard.

Ecoutez, ma fille, dit encore Booz, n'allez point dans un autre champ pour glaner ; restez dans celui-ci, nul ne vous fera de peine ; et quand la chaleur aura desséché votre bouche, vous trouverez sous ces palmiers, où sont les vaisseaux, la boisson préparée pour les moissonneurs ; buvez-en à votre soif.

Ruth, transportée de joie, ne put s'empêcher de s'écrier : O ma mère ! si tu entendais ce que Booz dit à ta fille, tes longues douleurs seraient à l'instant suspendues. O Booz ! que le Dieu de vos pères vous rende tout le bien que vous avez fait !

En ce moment les moissonneurs, quittant leurs faucilles et essuyant la sueur qui coulait sur leurs fronts, se rendirent sous l'ombrage des palmiers, et s'y assirent pour prendre leur repas. Venez, jeune étrangère, dit Booz, venez aussi sous ces palmiers ; vous y mangerez avec les moissonneurs, et vous continuerez ensuite de glaner.

Les moissonneurs, en la voyant, resserrèrent leur cercle pour lui faire place au milieu d'eux. Elle mangea un peu de ce qui lui fut présenté, et garda le reste pour en nourrir sa mère. Il ne lui manquait plus, pour être heureuse, que de revoir le jeune homme qui lui avait montré une si douce compassion : elle croyait tout le monde maintenant persuadé de son innocence, mais elle aurait voulu que chacun en fût convaincu. Sur la fin du repas elle l'aperçut qui s'approchait. Seigneur, dit-elle à Booz, en se levant avec vivacité : voilà le jeune homme qui m'a donné des épis de votre champ. Dieu soit loué ! s'écria le vieillard, c'est mon petit-fils, mon cher Aser. Il ouvrit ses deux bras et l'y reçut avec joie : Aser, lui dit-il, votre aïeul vous bénit, vous avez songé aux besoins de l'indigent. Aser, remarquant aussitôt la belle Ruth, devint du plus beau rouge, et ne put répondre.

Les moissonneurs avaient repris leur travail. Ruth, moins timide, marcha derrière eux pour se mettre à glaner. Booz s'approcha de ses gens, et leur dit à voix basse : Laissez tomber des épis de vos mains, afin qu'elle en recueille davantage, et n'ait point de honte en les emportant ; surtout prenez garde qu'elle s'aperçoive du bien que nous lui voulons faire. Aser entendit son aïeul, et ses yeux pleins de reconnaissance se levèrent vers le ciel. Il ne pouvait quitter l'aimable fille de Noémi : à chaque instant il ramassait les épis qu'elle n'avait point vus, et s'empressait de les lui offrir.

Le soir Ruth battit avec une baguette les

épis qu'elle avait recueillis, en retira le grain, et courut le porter à sa mère. Réjouissez-vous, ma mère, lui cria-t-elle de loin; Dieu a eu pitié de nous. Noémi regarda le blé qu'elle portait, et soupira. N'ayez point de honte en recevant ce blé, dit Ruth qui avait lu dans son cœur, il vient du champ de votre père. Noémi tressaillit de joie en entendant ces mots. Ruth plaça devant elle le pain qu'elle avait conservé, et raconta tout le bien que lui avait fait Booz: elle ne dit que quelques mots du jeune Aser, mais son cœur était ému chaque fois qu'elle prononçait son nom. Noémi, après l'avoir écoutée, lui dit: Ma fille, il vaut mieux aller dans le champ de notre père que dans celui d'un autre. Puisque Booz vous a regardée avec bonté, tâchez de gagner son cœur par votre respect; il vous donnera peut-être un jour la bénédiction qu'il m'a ôtée.

Il vous la rendra, ma mère! s'écria Ruth; son visage annonce trop de bonté pour qu'il veuille vous savoir malheureuse éternellement; je me jetterai à ses pieds, je lui dirai: Booz, votre fille respire près de vous, et gémit sans oser vous faire entendre ses gémissements. Il sera touché de votre repentir, et le passé cessera d'exister dans sa mémoire.

Noémi embrassa sa fille, et lui dit: Dieu exauce les vœux de ton cœur!

Le lendemain Ruth retourna au champ de

Booz. La même bienfaisance que la veille l'accueillit encore : le vieillard lui sourit, les moissonneurs se réjouirent de la voir au milieu d'eux, et le jeune Aser l'encouragea par de tendres regards. Les jours suivants elle eut le même bonheur, et elle vit arriver avec une sorte de chagrin le moment où l'on met l'orge et le blé dans les greniers. Le soir du dernier jour, Booz lui dit : Venez, ma fille ; puis, lui faisant étendre un pan de son vêtement, il y mit plusieurs mesures de blé. L'enfant qui travaille pour sa mère, ajouta-t-il, mérite à juste titre l'assistance des hommes. Ruth, pleine de joie et de confiance, allait tomber à ses genoux, et implorer pour Noémi ; mais le vieillard qui n'attendait jamais que la voix de la reconnaissance se fît entendre à son oreille, la quitta aussitôt et s'éloigna. Ruth revint vers Noémi : Voilà, dit-elle, ce que Booz m'a donné en me disant : je ne veux pas que vous retourniez les mains vides vers votre mère. Noémi, suivant sa coutume, leva les deux mains et bénit le Seigneur.

Depuis ce jour, Ruth ne chercha plus que l'occasion de se jeter aux pieds du vieillard, et de les tenir embrassés jusqu'à ce qu'elle eût obtenu le pardon de sa mère. Cette occasion se présenta bientôt. Booz venait visiter les ouvriers répandus dans ses champs, et ordonnait les travaux qui succèdent à la moisson. Sur le milieu du jour, il se sentit pressé du sommeil, et se reposa sous un genévrier. Ruth, qui l'avait vu de loin, arriva lorsqu'il dormait déjà. Dans la crainte de troubler son repos, elle s'approcha avec précaution, et se mit à genoux à ses pieds. O Dieu! dit-elle dans le fond de son ame, daigne abaisser sur lui un regard de bonté! que la douce influence de ce regard pénètre et amolisse son cœur comme la rosée du ciel amolit le grain qui a été confié à la terre! qu'au moment de son réveil il sente cette bienfaisante impression, qu'il se trouve plus heureux, et sourie à la prière que ma bouche craintive lui adressera. O Dieu! en t'invoquant je dois espérer, car tu aimes à exaucer l'enfant qui implore pour sa mère.

Ruth dit, et s'arrête à considérer la figure du vieillard. Un rayon de soleil tombait sur ses cheveux blancs. La fille de Noémi s'empressa d'ôter son voile; elle l'étendit sur l'arbuste qui ombrageait la tête de Booz, et revint se mettre à la place qu'elle avait d'abord choisie, attendant avec une sorte d'inquiétude le moment où il s'éveillerait. Enfin, il ouvre les yeux; il voit Ruth et s'étonne. Et que faites-vous là, ma fille? lui demande-t-il. Je priais pour vous et pour ma mère, répond-elle. Le vieillard lui marque par un signe sa reconnaissance; il aperçoit le voile sur le genévrier. Aimable jeune fille, dit-il, le peu de bien que je vous ai fait mérite-t-il tant de soin? C'est sans doute ma vieillesse que vous honorez; puissiez-vous un jour retrouver ces soins et cet honneur. Votre mère doit être heureuse. Hélas! reprit Ruth, elle le serait si elle pouvait entendre prononcer sur elle les paroles que vous prononcez sur moi : elle n'ose se présenter devant son père. — Comment! dit le vieillard avec surprise, celle qui a inspiré des sentiments si nobles et si délicats à sa fille aurait-elle oublié ce qu'elle doit à l'auteur de ses jours? — Elle gémit chaque jour, répondit à voix basse la tremblante Ruth; et voilà dix-sept ans! Et voilà dix-sept ans! reprit vivement Booz. Parlez, ne venez-vous pas du pays de Moab? Ne seriez-vous pas?. Le vieillard s'était levé, et attendait avec impatience ce que Ruth allait dire. O Booz! s'écria-t-elle en se prosternant, la fille de Noémi est à vos pieds! — La fille de Noémi!.. répéta-t-il en se reculant comme avec horreur; retirez-vous : c'est le fruit d'un arbre maudit! — Grand Dieu! dit Ruth avec douleur, fais que ces mots terribles retombent sur moi seule et ne frappent jamais l'oreille de ma mère!

Booz s'éloignait; il regarda la malheureuse Ruth, et son pied incertain s'arrêta : elle tenait son front dans la poussière, et ses sanglots l'empêchaient de proférer de nouvelles supplications. Ruth, dit avec émotion le vieillard en se raprochant, relevez-vous, vous êtes innocente, vous ne devez point souffrir. Ma mère souffre, répondit Ruth ; puis-je ne pas souffrir aussi ? — votre mère a provoqué les maux qui sont tombés sur sa tête. — Vous pouvez les dissiper, dit vivement Ruth. — J'ai donné ma bénédiction à Mahalon, mon fils, répliqua Booz ; je lui ai donné aussi mes biens. Mahalon est mort ; Aser, mon petit fils, doit hériter de mes biens et de ma bénédiction... Je n'ai plus rien à donner. — Retirez au moins votre malédiction, et que ma mère ne connaisse plus d'autres malheurs que la pauvreté. — Jeune fille, dit le vieillard avec sévérité, levez la tête, portez vos regards au-dela de cette plaine, et arrêtez-les sur ces palmiers qui réunissent leurs feuillages : c'est à leur pied qu'est inhumée la mère de Noémi ; c'est au tombeau que l'a conduite la faute de sa fille : jugez maintenant si je dois pardonner à celle qui a fait mourir mon épouse de douleur. Booz se retira en achevant ces mots, et Ruth demeura seule. O ma mère, dit-elle en répendant une abondance de pleurs, je ne te verrai donc jamais heureuse !

Un long gémissement, parti de derrière le genévrier, sembla répondre à son exclamation douloureuse. Elle s'empressa d'aller voir quel infortuné se plaignait ainsi : c'était une femme privée de sentiment et étendue sur la terre. Ruth court, elle se baisse, va pour la soulever dans ses bras, et tombe presque dans le même état à côté d'elle. Cette femme était sa mère. Noémi, en revenant à elle, tendit la main à sa fille; j'ai tout entendu, dit-elle d'une voix faible et basse. Ruth voulut parler; Noémi poursuivit: je connais ton cœur, tu m'aurais trompée, tu m'aurais dit d'espérer encore, je t'ai suivie de loin; je me suis cachée derrière cet arbuste; je voulais tout savoir, je sais tout maintenant, et je n'ai plus qu'à mourir. Pourquoi s'abandonner au désespoir? dit Ruth: le cœur de Booz a-t-il la dureté des rochers? Aujourd'hui il a résisté à mes prières; demain il s'attendrira; demain votre père sera heureux de retrouver sa fille. Hélas! quand il me pardonnerait, reprit Noémi, ma mère en aurait-elle été moins victime de ma faute? Ma mère ne peut faire entendre sa voix du sein du tombeau, elle ne peut plus me pardonner. Ruth n'osa répondre: elle aida Noémi à se lever et la conduisit à la cabane. Ce dernier événement acheva de chasser l'espérance du cœur de la pauvre veuve. Depuis longtemps les chagrins, l'indigence et les remords avaient épuisé ses force et son courage: elle tomba entièrement abattue. Ruth, effrayée, essaie de la consoler, et ne peut que pleurer avec elle. Elle se rappelle à chaque instant avec effroi les dernieres paroles de Booz; elle se rappelle avec plus d'effroi encore la pensée qui s'est arrêtée dans l'esprit de Noémi, que la voix de son aïeule ne peut s'élever du tombeau pour rendre la tranquillité à cette infortunée. Cette pensée la poursuit partout. Dès qu'elle peut un instant quitter Noémi, elle court au tombeau de son aïeule ; elle tombe a genoux dessus, elle en baise la terre avec ardeur, et supplie à haute voix cette malheureuse mère d'oublier la faute de sa fille. Quand elle a fait cette prière, son ame est plus calme ; il lui semble que son aïeule l'a entendue, et que Noémi doit espérer.

Booz, de son côté, n'était pas plus tranquille : jusqu'à ce jour il avait cru que sa fille vivait en paix et dans l'abondance auprès du Moabite son époux ; il pensait que, dans une patrie nouvelle, elle avait oublié le Dieu de ses ancêtres et la malédiction de son père, et il avait tâché lui-même d'oublier cet enfant ingrat, en devenant, par ses bienfaits, le père de tous les infortunés. Mais quand il la sut de retour en Israël, quand il connut l'exès de son malheur et qu'il apprit ses remors, il retrouva son ancienne tendresse, et fut vivement touché du sort de cette fille égarée qui revenait à lui. Si dans le premier moment il l'avait repoussée de son sein, l'instant d'après il s'était repenti de ce qu'il avait fait ; bientôt il désira de la voir arriver, et bientôt encore il se trouva malheureux de ce que son désir ne se réalisait point. Sombre, inquiet, il laissait voir le trouble de son ame sans oser en dire la cause. S'il sortait, il ne suivait plus les ouvriers dans ses champs : il se dirigeait vers les lieux où il avait parlé à la jeune Ruth ; son regard errait sur les campagnes, et il soupirait en ne voyant point celle qu'il cherchait. Eh quoi ! se disait-il, ne les rencontrerai-je pas pour leur rendre leur père et le bonheur, pour être heureux moi-même ?

Un soir qu'il s'avançait lentement vers les palmiers qui couvraient le tombeau de son épouse, il entendit une voix qui murmurait doucement sur ce tombeau. Etonné, il s'arrête, il écoute ; c'était la voix de Ruth. O Dieu puissant ! disait-elle, source de bonté, daigne exaucer la prière d'une fille qui n'a que toi pour consolation et pour espoir. Depuis longtemps ma mère languit dans les souffrances : sa faute est sans doute expiée devant ta justice ; ta bonté doit souffrir de voir le malheur peser encore sur elle : ô Dieu plein de miséricorde, fais enfin luire sur nous le jour du pardon et de l'allégresse ! Ordonne aussi que ma prière monte jusqu'à la mère de Noémi, qui repose dans ton sein, et qu'elle ait la joie de pardonner à sa fille !

Que le jour du pardon et de l'allégresse luise en effet sur vous, enfans malheureux ! s'écria le vieillard ; Booz oublie la désobéissance de sa fille ; qu'elle vienne dans ses bras, et il la bénira, comme il la bénissait dans les jours de son jeune âge.

Ruth ne peut d'abord croire ce qu'elle entend ; elle n'est persuadée qu'au moment où elle sent son vénérable aïeul la presser sur son sein, et qu'elle l'entend lui dire : conduis-moi auprès de Noémi. Ruth s'empresse de lui obéir ; le cœur vivement agité, elle marche devant Booz, et l'annonce à sa mère en entrant dans la cabane. Noémi fut si saisie de cette nouvelle inatendue, qu'elle ne put se lever en sa présence ; la joie avait troublé tous ses sens. Booz la serra contre son cœur en silence et en répandant des pleurs. O ma fille, dit-il d'une voix étouffée, que de jours malheureux se sont écoulés ! puissent-ils ne jamais revenir ! Alors s'éloignant un peu, il la considéra avec tristesse : la lampe, déjà allumée, éclairait sa figure maigre et flétrie par la douleur ; l'éclat de la jeunesse était passé, et sa beauté n'existait plus qu'en souvenir. O Noémi, Noémi ; répète le vieillard en levant les mains, que de jours malheureux se sont écoulés ! Il la prit de nouveau dans ses bras et la serra encore plus tendrement que la première fois. Enfin ils entrèrent en explication, et Noémi accompagna de ses larmes le récit de ses infortunes. La nuit était déjà avancée quand le vieillard reprit le chemin de la ville de Bethléem. Il promit de revenir le lendemain, au commencement du jour, avec une paire de bœufs et un chariot pour emmener ses enfants dans sa maison.

Quand il fut parti, Noémi eût regardé comme un songe ce qui venait de se passer, si les transports de sa fille ne lui en eussent fait sentir la réalité, et si l'agitation violente qu'elle avait éprouvée n'eût pas laissé tout son corps dans une sorte d'épuisement, et son ame dans un trouble indéfinissable. Elle ressemblait au faible arbrisseau qui, battu par un long et terrible orage, ne présente plus, quand le calme revient, qu'un reste de ce qu'il fut; ou bien à la tendre fleur qui, frappée de mort par le froid du matin, se dessèche et tombe quand le soleil se montre pour la ranimer. Noémi avait trop longtemps vécu pour la douleur; elle n'espérait plus la joie, et la joie, en venant, acheva de briser les ressorts de son existence. Cette nuit le sommeil ne se reposa point sur sa paupière fatiguée. Dès que l'aurore eut blanchi de sa lumière éclatante le ciel de l'orient, elle quitta sa couche solitaire, sortit de sa cabane, et s'achemina vers le tombeau de sa mère. Quand elle y fut arrivée, elle s'agenouilla auprès, et la tristesse vint de nouveau s'emparer de son ame. Ce fut en ce lieu que Ruth la trouva, lorsqu'elle vint l'avertir que Booz et un de ses serviteurs l'attendaient pour l'emmener à la ville. Elle baisa la pierre qui couvrait la fosse, et dit : Adieu, ma mère ; je reviendrai dans peu de jours ; alors j'irai vers vous, et j'entendrai votre bouche prononcer dans le séjour des justes le pardon que mon père a déjà prononcé sur la terre.

Booz fit monter sa fille sur le chariot, et la conduisit comme en triomphe à Bethléem. La joie brillait sur son visage, et il la faisait éclater à la rencontre de chaque personne de sa connaissance qui se trouvait sur son chemin. Il cria aux anciens et aux principaux habitans qui étaient assis à la porte de la ville : Voilà ma fille, voilà la brebis égarée qui revient au bercail ! Tous ses serviteurs étaient devant sa maison ; Aser, son petit-fils, y était aussi ; tous mêlèrent leur joie à celle du chef de famille : Noémi, seule resta triste. Booz fit tuer les bêtes les plus grasses de ses troupeaux ; il ordonna un grand festin, et y invita tous ses amis. Ma fille était perdue, disait-il, et elle est retrouvée ; elle était morte, et la voilà revenue à la vie ; réjouissons-nous, mes amis, et louons Dieu du bonheur qu'il nous envoie.

A la fin du festin, il se leva au milieu de la table où il était placé, et, étendant ses deux mains sur sa fille qui était auprès de lui, il prononça ces paroles que chacun écouta dans le silence et le respect : Que ma voix s'élève vers le Dieu juste et bon qui exauce le père qui prie pour son enfant ! Je retire la malédiction que j'ai lancée sur ma fille coupable, et je bénis ma fille qui s'est repentie : que son ame jouisse d'un doux et long repos ; que sa vie soit exempte des inquiétudes de l'indigence, et que son cœur conserve un souvenir agréable du jour où elle est rentrée dans la maison paternelle. Il dit, et se tournant vers ses amis qui l'écoutaient, il ajouta : Habitants de Bethléem, Noémi est maintenant rentrée dans ses droits, et vous êtes témoins de ce que je viens de faire. Tous répondirent ; Nous en sommes témoins ; que Noémi soit désormais la félicité de vos derniers jours, et que la belle Ruth fasse naître le doux sourire sur vos lèvres chaque fois qu'elle parraîtra devant vous. Tous reprirent : que le Dieu juste et bon soit à jamais loué !

A quelques jours de là, Booz remarqua la tendre intelligence qui régnait entre Aser et Ruth : il lui sembla voir deux tourterelles qui se rapprochaient, pressées par le doux désir de vivre l'une près de l'autre ; et il sourit en méditant le projet de les unir. Que les enfants de mes enfants, dit-il, habitent seuls ma maison et la perpétuent ! il invita de de nouveau ses amis, fit préparer un festin, et ses enfants furent unis devant le Seigneur. On se réjouit pendant sept jours de suite, suivant l'antique usage d'Israël, et pendant ces sept jours on fit des vœux pour les jeunes époux.

Noémi avait pris part au bonheur de sa fille et à la joie de son père ; mais la douleur secrète qui la rongeait n'était point sortie de son cœur. Comme elle sentait chaque jour ses forces décliner, elle dit à Ruth : Ma fille, conduis-moi ; et elle marcha vers le tombeau de sa mère. Quand elle fut sous les palmiers, elle prit la main de sa fille et lui dit : La satisfaction que je dois espérer sur la terre ne peut plus augmenter ; mon père a retiré de dessus ma tête le poids de sa malédiction ; il a prié pour moi le Très-Haut, et il t'a donné pour époux son petit-fils : mes vœux ne pouvaient aller au-delà de ce qui est arrivé ; qu'ai-je à faire ici-bas maintenant ? Le dernier de mes vœux ne s'arrête point dans cette vallée de misère : il s'élève vers le ciel, auprès de ma mère que j'ai fait mourir : c'est là que j'achèverai d'être heureuse ; là seulement je saurai si j'ai obtenu un pardon entier, et je n'aspire plus qu'après le jour qui verra briser la chaîne qui me retient sur la terre.

Ruth, fondant en larmes, supplia Noémi de chasser ces pensées funestes et de vivre encore, ne fût-ce que pour le bonheur de sa sa fille. Hélas ! mon enfant, répondit-elle, quand je voudrais en effet prolonger mes tristes jours, cela ne serait point en mon pouvoir : les liens de la vie se brisent en moi ; je le sens, ma fin est proche. Je suis comme l'arbre frappé de la foudre par le faîte, et qui périt lentement ; c'est en vain qu'il pousse quelques rejetons aux premiers jours de la belle saison, à l'automne il se dépouille et meurt pour toujours.

Noémi ne s'était point trompée sur les pressentiments de sa fin prochaine : bientôt le mal et la faiblesse la contraignirent à rester sur le lit où elle devait mourir. Quand elle vit arriver l'heure fatale, elle appela autour d'elle ses enfants et ses amis. Vous me voyez arrêtée au milieu de ma course, leur dit-elle ; me voilà tombée, et c'est pour ne me relever jamais. Apprenez ce qu'il en coûte pour manquer au plus sacré des devoirs, à l'obéissance que l'on doit aux auteurs de ses jours : si j'eusse écouté la voix de mon père, j'aurais vécu heureuse sous ses yeux ; j'eusse mérité les louanges des gens de bien ; ma mère vivrait, et le chagrin, comme un cruel vautour, n'eût point rongé mon cœur, et détruit, au milieu de mon été, le germe de mon existence : je meurs, et ne puis me rappeler le passé qu'avec effroi. Souvenez-vous de ma désobéissance ; souvenez-vous surtout de mes malheurs, et racontez-en l'histoire à vos enfants ; ce sera pour eux une instruction salufaire : ils respecteront la volonté de leurs parents, et seront heureux.

Ces mots achevés, Noémi rapprocha ses deux mains sur sa poitrine, leva les yeux, et rendit à Dieu le souffle de la vie.

NELSON ET CORALY

HISTOIRE ANGLAISE.

Dans l'une de ces écoles de morale, où la jeunesse anglaise va étudier les devoirs de l'homme et du citoyen, s'éclairer l'esprit et s'élever l'ame, Nelson et Blanford étaient connus par une amitié dignes des premiers âges. Comme elle était fondée sur un parfait accord de sentimens et de principes, le temps ne fit que l'affermir, et plus éclairée chaque jour, elle devint chaque jour plus intime. Mais cette amitié fut mise à une épreuve qu'elle eut de la peine à soutenir.

Leurs études finies, chacun d'eux prit l'état auquel l'appelait la nature. Blanford, actif, robuste et courageux, se décida pour le parti des armes et pour le service de mer. Les voyages furent son école. Endurci aux fatigues, instruit par les dangers, il parvint, de grade en grade, au commandement d'un vaisseau.

Nelson, doué d'une éloquence mâle et d'un esprit sage et profond, fut du nombre de ces députés dont la nation compose son sénat, et en peu de temps il s'y rendit célèbre.

Ainsi chacun d'eux servait sa patrie, heureux du bien qu'il lui faisait. Tandis que Blanford soutenait l'épreuve de la guerre et des éléments, Nelson résistait à celle de la faveur et de l'ambition. Exemple d'un zèle héroïque, on eût dit que, jaloux l'un de l'autre, ils disputaient de vertu et de gloire, ou plutôt que des deux extrémités du monde, le même esprit les animait tous deux.

Courage! écrivait Nelson à Blanford, honore l'amitié en servant la patrie : vis pour l'une, s'il est possible, et meurs pour l'autre, s'il le faut : une mort digne de ses pleurs vaut mieux que la plus longue vie. Courage, écrivait Blanford à Nelson : défends les droits du peuple et de la liberté : un sourire de la patrie vaut mieux que la faveur des rois.

Blanford s'enrichit en faisant son devoir ; il vint à Londres avec le butin qu'il avait fait sur les mers de l'Inde. Mais de ses trésors, le plus précieux était une jeune Indienne, d'une beauté rare dans tous les climats. Un bramine, à qui le ciel, pour prix de ses vertus, avait donné cette fille unique, l'avait remise, en expirant aux mains du généreux Anglais.

Coraly n'avait pas encore atteint sa quinzième année : son père en faisait ses délices et le plus doux objet de ses soins. Le village où il habitait fut pris et pillé par les Anglias.

Solinzeb (c'était le nom du bramine) se présente sur le seuil de sa demeure. Arrêtez, dit-il aux soldats qui étaient parvenus jusqu'à son humble asile, arrêtez : qui que vous soyez, le Dieu de la nature, ce Dieu bienfaisant est le vôtre et le mien ; respectez en moi son ministre.

Ces paroles, le son de sa voix, son air vénérable inspirent le respect ; mais le trait fatal est parti, le bramine tombe mortellement blessé entre les bras de sa fille tremblante.

Dans ce moment Blanford arrive. Il vient réprimer la fureur du soldat. Il s'écrie, il se fait un passage ; il voit le bramine penché sur une jeune fille qui le soutient à peine, et qui, chancelante elle-même, baigne le vieillard de ses pleurs. A cette vue, la nature, la beauté, l'amour exercent tous leurs droits sur l'ame de Blanford. Il n'a pas de peine à reconnaitre dans Solinzeb le père de celle qui l'embrasse avec une douleur si tendre.

Barbares, dit-il aux soldats, éloignez-vous ; est-ce à la faiblesse et à l'innocence, à des vieillards et à des enfans que vous devez vous attaquer ! Mortel sacré pour moi, dit-il au bramine, vivez, vivez : laissez-moi réparer le crime de ces ames féroces. A ces mots il le prend dans ses bras, le fait coucher visite sa plaie, et appelle à lui tous les secours de l'art. Coraly, témoin de la pitié, de la sensibilité de cet inconnu, croyait voir un Dieu descendu du ciel pour secourir et soulager son père.

Blanford, qui ne quittait pas Solinzeb, tâchait d'adoucir la douleur de sa fille : mais elle semblait pressentir son malheur, et passait les jours et les nuits dans les larmes.

Le bramine sentant approcher sa fin : Je voudrais bien, dit-il à Blanford, aller mourir aux bords du Gange, et me purifier dans ses eaux. — Mon père, lui dit le jeune Anglais, ce serait une consolation facile à vous donner, si tout espoir était perdu. Mais pourquoi ajouter au péril où vous êtes, celui d'un transport douloureux ? Il y a si loin d'ici au Gange ! et puis (ne vous offensez pas de ma sincérité), c'est la pureté du cœur que le Dieu de la nature exige ; et si vous avez observé la loi qu'il a gravée au fond de nos ames, si vous avez fait aux hommes tout le bien que vous avez pu, si vous avez évité de leur nuire, le Dieu qui les aime, vous aimera.

Tu es consolant, lui dit le bramine. Mais toi, qui réduis les devoirs de l'homme à une piété simple et à des mœurs pures, comment se peut-il que tu sois à la tête de ces brigands qui ravagent l'Inde et qui se baignent dans le sang ?

Vous avez vu, lui dit Blanford, si j'autorise ces ravages. Le commerce nous attire dans l'Inde ; et, si les hommes étaient de bonne foi, ce mutuel échange de secours serait équitable et paisible. La violence de vos maîtres nous a mis les armes à la main ; et de la défense à l'attaque le pas est si glissant, qu'au premier succès, au plus faible avantage, l'opprimé devient oppresseur. La guerre est un état violent qu'il est malaisé d'adoucir. Hélas ! quand l'homme est dénaturé, comment voulez-vous qu'il soit juste ? Ici mon devoir est de protéger le commerce du peuple anglais, d'y faire honorer, respecter ma patrie. En m'acquittant de cet emploi, je ménage, autant que je le puis, lesang et les pleurs que fait verser la guerre : heureux si la mort d'un homme juste, la mort du père de Coraly, est un des crimes et des malheurs que je suis venu épargner au monde ! Ainsi parlait le vertueux Blanford, et il embrassait le vieillard.

Tu me persuaderais, lui dit Solinzeb, que la vertu est partout la même. Mais tu ne crois point au dieu Vistnou et à ses neuf métamorphoses ; comment se peut-il qu'un homme de bien refuse d'y ajouter foi ? — Ecoutez, mon père, reprit l'Anglais : il y a des millions d'hommes sur la terre qui n'ont jamais entendu parler ni de Vistnou ni de ses aventures, et pour qui le soleil se lève tous les jours, et qui respirent un air pur, et qui boivent des eaux salutaires, et à qui la terre prodigue les fruits de toutes les saisons. Le croirez-vous? il y a parmi ces peuples, comme entre les enfants de Brama, des cœurs vertueux, des hommes justes. L'équité, la candeur, la droiture, la bienfaisance, la piété sont en vénération chez eux, et parmi les méchants. O mon père! les songes de l'imagination diffèrent selon les climats: mais le sentiment est partout le même; et la lumière dont il est la source, est aussi répandue que celle du soleil.

Cet étranger m'éclaire et m'étonne, disait Solinzeb en lui-même: tout ce que mon cœur, ma raison, la voix intime de la nature me disent de croire, il le croit aussi, et de mon culte, il ne désavoue que ce que j'ai tant de peine moi-même à ne pas trouver insensé. -- Tu penses donc, dit-il à Blanford, que l'homme de bien peut mourir tranquille? — Assurément. — Je le pense de même, et j'attends la mort comme un doux sommeil. Mais après moi que deviendra ma fille? Je ne vois plus dans ma patrie que la servitude et la désolation. Ma fille n'avait que moi au monde, et dans peu d'instants je ne serai plus. — Ah! dit le jeune Anglais, si tel est son malheur, que la mort la prive d'un père, daignez la confier à mes soins. J'atteste le ciel que sa pudeur, son innocence et sa liberté seront un dépôt gardé par l'honneur, et à jamais inviolable. — Et dans quels principes sera-t-elle élevée? — Dans les vôtres, si vous voulez; et dans les miens, si vous daignez m'en croire; mais toujours dans la modestie et l'honnêteté, qui font partout la gloire d'une femme. — Jeune homme, reprit le bramine avec un air auguste et menaçant, Dieu vient d'entendre tes paroles : et le vieillard à qui tu parles, sera peut-être dans une heure avec lui. — Vous n'avez pas besoin, lui dit Blanford, de me faire sentir la sainteté de mes promesses. Je ne suis qu'un faible mortel; mais rien, sous le ciel, n'est plus immuable que l'honnêteté de mon cœur. Il dit ces mots d'un courage si ferme, que le bramine en fut pénétré. — Viens, Coraly, dit-il à sa fille, viens embrasser ton père expirant, viens embrasser ton nouveau père; qu'il soit après moi ton guide et ton soutien. Voilà, ma fille, ajouta-t-il, le livre de la loi tes aïeux, le *Veidam*; après l'avoir bien médité, tu te laisseras instruire dans la croyance de ce vertueux étranger, et tu choisiras celui des deux cultes qui te semblera le plus propre à faire des gens de bien.

La nuit suivante, le bramine expira. Sa fille, qui remplissait l'air de ses cris, ne pouvait se détacher de ce corps livide et glacé, qu'elle arrosait de ses larmes. Enfin, la douleur épuisa ses forces, et l'on profita de son abattement pour l'enlever de ce funeste lieu.

Blanford, que son devoir rappelait d'Asie en Europe, emmena donc avec lui sa pupille; et, quoiqu'elle fût belle et facile à séduire, quoiqu'il fût jeune et vivement épris, il respecta son innocence. Pendant le voyage, il s'occupa à lui apprendre un peu d'anglais, à lui donner une idée des mœurs de l'Europe, et à dégager son esprit docile des préjugés de son pays.

Nelson était allé au devant de son ami. Ils se revirent l'un l'autre avec la plus sensible joie. Mais d'abord la vue de Coraly surprit et affligea Nelson. — Que fais-tu de cet enfant? dit-il à Blanford d'un ton sévère. Est-ce une capture, un esclave? l'as-tu enlevée à ses parents? as-tu fait gémir la nature? Blanford lui raconta ce qui c'était passé : il lui fit un portrait si touchant de l'innocence, de la candeur, de la sensibilité de la jeune Indienne, que Nelson lui-même en fut attendri. — Voici mon dessein, continua Blanford : auprès de ma mère et sous ses yeux, elle s'instruira dans nos mœurs, je formerai ce cœur simple et docile; et, si elle peut être heureuse avec moi, je l'épouserai. — Me voilà tranquille, et je retrouve mon ami.

On vous a peint souvent les surprises et les diverses émotions d'une jeune étrangère à qui tout est nouveau; Coraly éprouva tous ces mouvements. Mais son heureuse facilité à tout saisir, à tout concevoir, dévançait les soins qu'on prenait de l'instruire. L'esprit, les talents, et les grâces étaient en elle des dons innés : on n'eut que la peine de les développer par une légère culture. Elle touchait à sa seizième année : et Blanford allait l'épouser, quand la mort lui enleva sa mère. Coraly la pleura comme si elle eût été la sienne ; et les soins qu'elle prit de consoler Blanford, le touchèrent sensiblement. Mais pendant le deuil qui retarda la noce, il eut ordre de s'embarquer pour une nouvelle expédition. Il alla voir Nelson, et lui confia, la douleur qu'il avait non pas de quitter la jeune indienne, mais de la laisser livrée à elle-même, au milieu d'un monde qui lui était inconnu. — Si ma mère, dit-il, vivait encore, elle serait son guide ; mais le malheur qui poursuit cette enfant lui a enlevé son unique appui. As-tu donc oublié, lui dit Nelson, que j'ai une sœur, et que ma maison est la tienne ? — Ah ! Nelson, reprit Blanford, en fixant les yeux sur les siens, si tu savais quel est ce dépôt que tu veux que je te confie? A ces mots, Nelson sourit amèrement. — Voilà, dit-il, une inquiétude bien digne de nous deux ! Tu n'oses me confier une femme ! Blanford, interdit et confus, rougit. — Pardonne, dit-il, à ma faiblesse ; elle m'a fait voir du danger où ta vertu n'en trouve aucun. J'ai jugé de ton cœur par le mien ; c'est moi que ma crainte humilie.

N'en parlons plus ; je partirai tranquille, en laissant le dépôt de l'amour sous la garde de l'amitié. Mais, mon cher Nelson, si je meurs, puis-je exiger de toi que tu prennes ma place ? — Oui, celle de père, je te le promets ; n'en demande pas d'avantage. — C'en est assez, rien ne me retient plus.

Les adieux de Coraly et de Blanford furent mêlés de larmes : mais les larmes de Coraly n'étaient pas celles de l'amour. Une vive reconnaissance, une amitié respectueuse, étaient les sentiments les plus tendres que Blanford lui eût inspirés. Sa sensibilité ne lui était pas connue : le dangereux avantage de la développer était réservé à Nelson.

Blanford était plus beau que son ami, mais sa beauté, comme son caractère, avait une fierté mâle et sérieuse. Les sentiments qu'il avait conçus pour sa pupille tenaient plus de l'ame d'un père que de celle d'un amant ; c'étaient des soins sans complaisance, de la bonté sans agréments, et un intérêt tendre, mais triste, et le désir de la rendre heureuse avec lui, plutôt que le désir d'être heureux avec elle.

Nelson, doué d'un caractère plus liant, avait aussi plus de douceur dans les traits et dans le langage. Ses yeux, surtout, avaient l'éloquence de l'ame.

Son regard, le plus touchant du monde, semblait pénétrer jusqu'au fond des cœurs, et lui ménager avec eux de secrètes intelligences. Sa voix tonnait l'orsqu'il fallait défendre les intérêts de la patrie, ses lois, sa gloire, sa liberté; mais, dans un entretien familier, elle était sensible et pleine de charmes. Ce qui le rendait plus intéressant encore, c'était un air de modestie répandu dans toute sa personne. Cet homme qui, à la tête de sa nation, aurait fait trembler un tyran, était, dans la société, d'une timidité craintive: un seul mot de louange le faisait rougir.

Lady Juliette Albury, sa sœur, était une veuve d'un esprit sage et d'un cœur excellent, mais de cette prudence inquiète qui va toujours au devant du malheur, et qui l'accélère au lieu de l'éviter. Ce fut elle qui fut chargée de consoler la jeune Indienne. — J'ai perdu mon second père, lui disait cette aimable fille. Je n'ai plus que toi et Nelson dans le monde. Je vous aimerai, je vous obéirai. Ma vie et mon cœur sont à vous. Comme elle embrassait Juliette, Nelson arrive, et Coraly se lève avec un visage riant et céleste, mais encore arrosé de pleurs.

Eh bien! demanda Nelson à sa sœur, l'avez-vous un peu consolée? Oui, je suis consolée; je ne suis plus à plaindre, s'écria la jeune Indienne en essuyant ses beaux yeux noirs. Alors faisant assoir Nelson à côté de Juliette, et, tombant à genoux devant eux, elle leur prit les mains, les mit l'une dans l'autre, et les pressant tendrement dans les siennes : Voila ma mère, dit-elle à Nelson avec un regard qui eût amolli le marbre ; et toi, Nelson, que seras-tu pour moi ? Moi ! mademoiselle ? votre bon ami. — *Mon bon ami ?* cela est charmant ! Je serai donc aussi ta bonne amie ? Ne me donne que ce nom-là. — Oui, ma bonne amie, ma chère Coraly, votre naïveté m'enchante. Mon Dieu, disait-il à sa sœur, la jolie enfant ! elle fera le bonheur de ta vie. — Si elle ne fait pas le malheur de la tienne, lui répondit sa prévoyante sœur. Nelson sourit avec dédain. — Non, lui dit-il, jamais l'amour ne balance dans mon ame les droits de la sainte amitié. Sois tranquille, ma sœur, et livre-toi sans crainte au soin de cultiver ce joli naturel. Blanferd sera enchanté, si, à son retour, elle sait bien la langue ; car on lui entrevoit des idées, des nuances de sentiment qu'elle s'afflige de ne pouvoir pas rendre. Ses yeux, ses gestes, les traits de son visage, tout en elle annonce des pensées ingénieuses, qui, pour éclore, n'attendent que des mots. Ce sera, ma sœur, un amusement pour toi, et tu verras son esprit se développer comme une fleur. — Oui, mon frère, comme une fleur qui nous cache bien des épines.

Lady Albury donnait assidûment des leçons d'anglais à sa pupille, et celle-ci les rendait plus intéressantes chaque jour, en y mêlant des traits de sentiment d'une vivacité, d'une délicatesse qui n'appartient qu'a la simple nature. C'était pour elle un triomphe que la découverte d'un mot qui exprimait quelque douce affection de l'ame. Elle en faisait les applications les plus naïves et les plus touchantes : Nelson arrivait ; elle volait à lui, et lui répétait sa leçon avec une joie, une simplicité qu'il ne trouvait qu'amusantes encore. Juliette seule en voyait le danger. Elle voulut le prévenir.

Elle commença par faire entendre à Coraly qu'il n'était pas de la politesse de se tutoyer, et qu'il fallait se dire *vous*, à moins qu'on ne fût frère et sœur. Coraly se fit expliquer ce que c'était que la politesse, et demanda à quoi elle était bonne, si le frère et la sœur n'en avaient pas besoin ? On lui dit que dans le monde elle suppléait à la bienveillance : elle conclut qu'elle était inutile aux gens qui se voulaient du bien. On ajouta qu'elle marquait le désir d'obliger et de plaire ; elle répondit que ce désir se marquait tout seul, sans la politesse ; puis, donnant pour exemple le petit chien de Juliette, qui ne la quittait pas et qui la caressait sans cesse, elle demanda s'il était poli. Juliette se retrancha sur la bienséance, qui n'approuvait pas, disait-elle, l'air trop libre et trop enjoué de Coraly avec Nelson ; et celle-ci, qui avait l'idée de la jalousie, parce que la nature en donne le sentiment, s'imagina que la sœur était jalouse des amitiés que lui faisait le frère. Non, lui dit-elle, je ne vous affligerai plus. Je vous aime, je vous suis soumise, et je dirai *vous* à Nelson.

Il fut surpris de ce changement dans le langage de Coraly, et il s'en plaignit à Juliette. Le *vous*, disait-il, me déplaît dans sa bouche : il ne va point à sa naïveté. Il me déplaît aussi, reprit l'Indienne : il a quelque chose de repoussant et de sévère ; au lieu que le *tu* est si doux, si intime, si attrayant ! — Entendez-vous, ma sœur, elle commence à savoir la langue. — Eh ! ce n'est pas ce qui m'inquiète : avec une ame comme la sienne, on ne s'exprime que trop bien. Expliquez-moi, demanda Coraly à Nelson, d'où peut venir le ridicule usage de dire *vous* en parlant à un seul ? — Cela vient, mon enfant, de l'orgueil et de la faiblesse de l'homme : il sent qu'il est peu de chose quand il n'est qu'un ; il tache de se doubler, de se multiplier en idée. — Oui, je conçois cette folie ; mais toi, Nelson, tu n'es pas assez vain..... Encore ! interrompit Juliette d'un ton sévère. — Eh quoi ! ma sœur, allez-vous la gronder ? Venez, Coraly, venez auprès de moi. — Je le lui défends. — Que vous êtes cruelle ! Est-ce avec moi qu'elle est en danger ? Me soupçonnez-vous de lui tendre des piéges ? Ah ! laissez-lui ce naturel si pur, laissez-lui l'aimable candeur de son pays et de son âge. Pourquoi ternir en elle cette fleur d'innocence plus précieuse que la vertu même, et à laquelle nos mœurs factices ont tant de peine à suppléer? Il me semble, à moi, que la nature s'afflige, lorsque l'idée du mal pénètre dans son ame. Hélas! c'est une plante venimeuse qui ne vient que trop d'elle-même, sans qu'on se donne le soin de la semer. — Ce que vous dites-là est le plus beau du monde; mais, puisque le mal existe, il faut l'éviter; et pour l'éviter, il faut le connaître. — Ah! ma pauvre petite Coraly, disait Nelson, dans quel monde es-tu transportée! quelles mœurs que celles où l'on est obligé de perdre la moitié de son innocence pour en sauver l'autre moitié!

A mesure que les idées morales s'accumulaient dans l'entendement de la jeune Indienne, elle perdait de sa gaieté, de son ingénuité naturelle. Chaque nouvelle institution lui semblait un nouveau lien. Encore un devoir! disait-elle, encore une défense! mon ame en est enveloppée comme d'un filet; on va bientôt la rendre immobile. Que l'on fit un crime de ce qui pouvait nuire, Coraly le concevait sans peine; mais elle ne pouvait imaginer du mal dans ce qui n'en faisait à personne. Quoi de plus heureux, lorsqu'on vit ensemble, disait-elle, que de se voir avec plaisir? et pourquoi se cacher une impression si douce ? Le plaisir n'est-il pas un bienfait ? Pourquoi le dérober à celui qui le cause ? On feint d'en avoir avec ceux que l'on n'aime pas, et de n'en avoir pas avec ceux que l'on aime ! c'est quelque ennemi de la vérité qui a imaginé ces mœurs-là.

De semblables réflexions la plongeaient dans la mélancolie ; et lorsque Juliette la lui reprochait : Vous en savez la cause, lui disait-elle ; tout ce qui contrarie la nature doit l'attrister, et dans vos mœurs tout la contrarie.

Coraly, dans ses petites impatiences, avait quelque chose de si doux et de si touchant, que Lady Albury s'accusait elle-même de l'affliger par trop de rigueur. Sa manière de la consoler et de lui rendre sa belle humeur, était de l'employer à de petits services, et de lui commander comme à son enfant. Le plaisir de penser qu'elle était utile la flattait sensiblement : elle en prévoyait l'instant pour le saisir ; mais les mêmes soins qu'elle rendait à Juliette, elle eût voulu les rendre à Nelson ; et on la désolait en modérant son zèle. Les bons offices de la servitude, disait-elle, sont bas et vils, parce qu'ils ne sont pas volontaires, mais dès qu'ils sont libres, il n'y a plus de honte, et l'amitié les ennoblit. N'ayez pas peur, ma bonne amie, que je me laisse humilier. Quoique bien jeune, avant de quitter l'Inde, j'ai su quelle est la dignité de la tribu où je suis née ; et lorsque vos belles dames et vos jeunes lords viennent m'examiner avec une curiosité si familière, leur dédain ne fait que m'élever l'ame ; et je sens que je les vaux bien. Mais avec vous et Nelson, qui m'aimez comme votre fille, que peut-il y avoir d'humiliant pour moi ?

Nelson lui-même semblait quelquefois confus des peines qu'elle se donnait. Vous êtes donc bien glorieux, lui disait-elle, puisque vous rougissez d'avoir besoin de moi ? Je ne suis pas si fière que vous : servez-moi, j'en serai flattée.

Tous ces traits d'une ame ingénue et sensible inquiétaient Lady Albury. Je tremble, disait-elle à Nelson quand ils étaient seuls, je tremble qu'elle ne vous aime, et que cet amour ne cause son malheur. Il prit cet avis pour une injure qu'elle faisait à l'innocence. Voilà, dit-il, comme l'abus des mots altère et déplace les idées. Coraly m'aime, je le sais ; mais elle m'aime comme elle vous aime. — Y a-t-il rien de plus naturel que de s'attacher à qui nous fait du bien ? Est-ce la faute de cette enfant, si la douce et vive expression d'un sentiment si juste et si louable est profanée dans nos mœurs ? Ce qu'on y attache de criminel lui est-il jamais tombé dans la pensée ? — Non, mon ami, vous ne m'entendez pas. Rien de plus innocent que son amour pour vous; mais.... — Mais, ma sœur, pourquoi supposer, pourquoi vouloir que ce soit de l'amour? C'est de la bonne et simple amitié qu'elle a pour moi, qu'elle a pour vous de même. — Vous vous persuadez, Nelson, que c'est le même sentiment; voulez-vous en faire l'épreuve? ayons l'air de nous séparer, et de la réduire au choix de quitter l'un ou l'autre. — Nous y voilà: des piéges! des détours! Pourquoi lui en imposer? pourquoi l'instruire à feindre? Hélas! son ame se déguise-t-elle? — Oui, je commence à la gêner; elle me craint depuis qu'elle vous aime. — Et pourquoi la lui avoir inspirée cette crainte? On veut que l'on soit ingénu, et l'on met du peril à l'être; on recommande la vérité; et, si elle échappe, on en fait un reproche! Ah! la nature n'a pas tort; elle serait franche, si elle était libre: c'est l'art qu'on emploie à la contraindre, qui la plie à la fausseté. — Voilà des réflexions bien sérieuses pour ce qui n'est au fond qu'un badinage; car, enfin, de quoi s'agit-il? d'inquiéter un moment Coraly, pour voir de quel côté penchera son cœur, voilà tout. — Mais voilà un mensonge, et, qui pis est, un mensonge affligeant. — N'y pensons plus; il est inutile d'examiner ce qu'on ne peut pas voir. — Moi, ma sœur? je ne demande qu'à m'éclairer pour mieux me conduire. Le moyen seul m'en a déplu;

mais qu'à cela ne tienne, qu'exigez-vous de moi ? — Le silence et l'air sérieux. Coraly vient : vous allez nous entendre.

Qu'est-ce donc ? leur dit Coraly en les abordant. Nelson dans un coin ! Juliette dans l'autre ! Est-ce que vous êtes fâchés ? Nous venons de prendre, lui dit Juliette, une résolution qui nous afflige ; mais il fallait en venir là. Nous ne logerons plus ensemble ; chacun de nous aura sa maison ; et nous sommes convenus de vous laisser le choix.

A ces mots, Coraly regardait Juliette avec des yeux immobiles de douleur et d'étonnement. C'est moi, dit-elle, qui suis la cause que vous voulez quitter Nelson. Vous êtes fâchée qu'il m'aime, vous êtes jalouse de la pitié que lui inspire une jeune orpheline. Hélas ! que n'envierez-vous pas, si vous enviez la pitié, si vous l'enviez à celle qui vous aime, et qui donnerait pour vous sa vie, le seul bien qui lui soit resté ? Vous êtes injuste, milady, oui, vous êtes injuste. Votre frère, en m'aimant, ne vous aime pas moins, et, s'il était possible, il vous aimerait d'avantage, car mes sentiments passeraient dans son ame ; et je n'ai à lui inspirer pour vous que la complaisance et l'amour.

Juliette eut beau vouloir lui persuader qu'elle et Nelson se quittaient bons amis. Il n'est pas possible, dit-elle. Vous faisiez vos délices de vivre ensemble. Et depuis quand vous faut-il deux maisons ? Les gens qui s'aiment ne sont jamais à l'étroit, l'éloignement ne plaît qu'aux gens qui se haïssent. Vous, ô ciel, vous haïr, reprit-elle : et qui s'aimera, si deux cœurs si bons, si vertueux, ne s'aiment pas ? C'est moi, malheureuse, qui ai porté le trouble dans la maison de la paix : je veux m'en éloigner, oui, je vous en supplie, renvoyez-moi dans mon pays. J'y trouverai des ames sensibles à mon malheur et à mes larmes, et qui ne me feront pas un crime d'inspirer un peu de pitié.

Vous oubliez, lui dit Juliette, que vous êtes un dépôt remis en nos mains. Je suis libre, répondit fièrement la jeune indienne ; il m'est permis de disposer de moi. Et que ferais-je ici ? auprès de qui vivrais-je ? de quel œil l'un de vous verrait-il en moi celle qui l'aurait privé de l'autre ? Tiendrais-je lieu à Nelson de sa sœur ? vous consolerais-je de la perte d'un frère ? moi, destinée à faire le malheur de ce que j'aime uniquement ! Non, vous ne vous quitterez point, mes bras seront pour vous une chaine. Alors se précipitant vers Nelson, et le saisissant par la main : Venez, vous, lui dit-elle, jurer à votre sœur que vous n'aimez rien au monde autant qu'elle. Nelson, ému j'usqu'au fond de l'ame, se laissa conduire aux genoux de sa sœur ; et Coraly se jetant au cou de Juliette : Vous, poursuivit-elle, si vous êtes ma mère, pardonnez-lui d'aimer votre enfant ; son cœur a de quoi nous suffire ; et si vous y perdez quelque chose, le mien vous en dédommagera. Ah ! dangereuse fille, lui dit l'Anglaise attendrie, que vous allez nous causer de peines ! Ah ! ma sœur, s'écria Nelson, qui se sentait pressé par Coraly contre le sein de Juliette, avez-vous le courage d'affliger cette enfant !

Coraly, enchantée de son triomphe, baisait tendrement Juliette, dans l'instant même que Nelson appuyait son visage sur celui de sa sœur. Il sentit toucher à sa joue la joue brûlante de Coraly, qui était encore mouillée de larmes. Il fut surpris du trouble et du saisissement que cet accident lui causa. Heureusement ce n'est là, dit-il, qu'une simple émotion des sens ; cela ne va pas jusqu'à l'ame. Je me possède, et suis sûr de moi. Il dissimula cependant à sa sœur ce qu'il eût voulu se cacher à lui-même. Il consola doucement Coraly, en lui avouant que tout ce qu'on venait de lui dire, pour l'inquiéter, n'était qu'un jeu. Mais ce qui n'en est pas un, ajouta-t-il, c'est le conseil que je vous donne de vous défier, ma chère Coraly, de votre cœur trop simple et trop sensible. Rien de plus charmant que ce caractère affectueux et tendre ; mais les meilleures choses deviennent bien souvent dangereuses par leur excès.

— Ne calmerez-vous pas mes inquiétudes, demanda Coraly à Juliette sitôt que Nelson se fut retiré? Quoi qu'on me dise, il n'est pas naturel qu'on se fasse un jeu de ma douleur. Il y a quelque chose de sérieux dans ce badinage. Je vous vois tristement émue; Nelson lui-même était saisi de je ne sais quelle frayeur; j'ai senti sa main trembler dans la mienne; mes yeux ont rencontré les siens: et j'y ai vu quelque chose de tendre et de douloureux à la fois. Il craint ma sensibilité: il semble avoir peur que je ne m'y livre. Ma bonne amie, serait-ce un mal d'aimer? — Oui, mon enfant, puisqu'il faut vous le dire, c'en est un pour vous et pour lui: une femme, vous l'avez pu voir dans l'Inde comme parmi nous, une femme est destinée à la société d'un seul homme, et, par cette union solennelle et sainte, le plaisir d'aimer est pour elle un devoir. Je sais cela, dit Coraly ingénument; c'est ce qu'on appelle mariage. — Oui, Coraly, et cette amitié est louable entre deux époux; mais jusque-là elle est interdite. — Cela n'est pas raisonnable, dit la jeune Indienne; car, avant de s'unir l'un à l'autre, il faut savoir si l'on s'aimera; et ce n'est qu'autant que l'on s'aime déjà, que l'on est sûr de s'aimer encore. Par exemple, si Nelson m'aimait comme je l'aime, il serait bien clair que chacun de nous aurait rencontré sa moitié. — Et ne voyez-vous pas de combien d'égards et de convenances nous sommes esclaves, et que vous n'êtes pas destinée à Nelson? Je vous entends, dit Coraly en baissant les yeux : je suis pauvre, et Nelson est riche ; mais mon malheur au moins ne me défend pas d'honorer, de chérir la vertu bienfaisante. Si un arbre avait du sentiment, il se plairait à voir celui qui le cultive, se reposer sous son ombrage, respirer le parfum de ses fleurs, goûter la douceur de ses fruits ; je suis cet arbre cultivé par vous deux, et la nature m'a donné une ame.

Juliette sourit de la comparaison, mais bientôt elle lui fit sentir que rien ne serait moins décent que ce qui lui semblait si juste. Coraly l'écouta, rougit ; et dès-lors à sa gaieté, à son ingénuité naturelle, succéda l'air le plus reservé et le maintien le plus timide. Ce qui la blessait le plus dans nos mœurs, quoiqu'elle en eût pu voir des exemples dans l'Inde, c'était l'excessive inégalité des richesses : mais elle n'en avait point encore été humiliée : elle le fut pour la première fois.

Madame, dit-elle le lendemain à Juliette, ma vie se passe à m'instruire de choses assez superflues. Une industrie qui donne du pain me sera beaucoup plus utile. C'est une ressource que je vous supplie de vouloir bien me procurer. Vous n'y serez jamais réduite, lui dit l'Anglaise; et sans parler de nous, ce n'est pas en vain que Blanford a pris avec vous la qualité de père. Les bienfaits, reprit Coraly, engagent souvent plus qu'on ne veut. Il n'est pas honteux d'en recevoir ; mais je sens bien qu'il est encore plus honnête de s'en passer. Juliette eut beau se plaindre de cet excès de délicatesse, Coraly ne voulut plus entendre parler d'amusements ni de vaines études. Parmi les travaux qui conviennent à de faibles mains, elle choisit ceux qui demandaient le plus d'adresse et d'intelligence : et, en s'y appliquant, sa seule inquiétude était de savoir s'ils donnaient de quoi vivre. Vous voulez donc me quitter ? lui demanda Juliette. Je veux me mettre, répondit Coraly, au-dessus de tous les besoins, excepté celui de vous aimer. Je veux pouvoir vous délivrer de moi, si je nuis à votre bonheur ; mais, si je puis y contribuer, n'ayez pas peur que je m'éloigne. Je vous suis inutile, et je vous suis chère ; ce désintéressement est un exemple que je me crois digne d'imiter.

Nelson ne savait que penser de l'application de Coraly à un travail tout mécanique, et du dégoût qui lui avait pris pour les choses de pur agrément. Il voyait avec la même surprise la modeste simplicité qu'elle avait mise dans sa parure ; il lui en demanda la raison. Je m'ai-saie à être pauvre, lui répondit-elle avec un sourire, et ses yeux baissés se mouillèrent de pleurs. Ces mots, ces larmes échappées, l'émurent jusqu'au fond du cœur. O ciel! dit-il, ma sœur lui aurait-elle fait craindre de se voir pauvre et délaissée! Dès qu'il fut seul avec Juliette, il la pressa de l'en éclaircir.

Hélas! dit-il après l'avoir entendue, quels soins cruels vous vous donnez pour empoisonner sa vie et la mienne! Quand vous seriez moins sûre de son innocence, ne l'êtes-vous pas de mon honnêteté? — Ah! Nelson, ce n'est pas le crime, c'est le malheur qui m'épouvante. Vous voyez avec quelle sécurité dangereuse elle se livre au plaisir de vous voir; comme elle s'attache insensiblement à vous, comme la nature l'attire, à son insu, dans les piéges qu'elle lui cache. Allez, mon ami, à votre âge et au sien, le nom d'amitié n'est qu'un voile. Et que ne puis-je vous laisser tous les deux dans l'illusion! Mais, Nelson, votre devoir m'est plus cher que votre repos. Coraly est destinée à votre ami; lui-même il vous l'a confiée; et, sans le vouloir, vous la lui enlevez. — Moi, ma sœur! qu'osez-vous me prédire? — Ce que vous devez éviter. Je veux qu'en vous aimant elle consente à se donner à Blanford; je veux qu'il se flatte d'en être aimé, et qu'il soit heureux avec elle; qu'elle soit heureuse avec lui; et ne fussiez-vous sensible qu'à la pitié dont elle est si digne, quelle douleur n'aurez-vous pas d'avoir troublé, peut-être à jamais, le repos de cette infortunée? Mais encore serait-ce un prodige, la voyant se consumer d'amour, de vous borner à la plaindre. Vous l'aimerez... que dis-je? Ah! Nelson, plût au ciel qu'il fut temps encore!.. — Oui, ma sœur, il est temps de prendre telle résolution qu'il vous plaira. Je ne vous demande que de ménager la sensibilité de cette ame innocente, et de ne pas trop l'affliger. — Votre absence l'affligera, sans doute; mais cela seul peut la guérir. Voici le temps de la campagne : je devais vous y suivre; y mener Coraly; vous irez seul : nous resterons à Londres. Ecrivez cependant à Blanford que nous avons besoin de lui.

Dès que l'Indienne vit que Nelson la laissait à Londres avec Juliette, elle se crut jetée dans un désert, et abandonnée de la nature entière. Mais, comme elle avait appris à rougir, et par conséquent à dissimuler, elle prit pour excuse de sa douleur le reproche qu'elle se faisait de les séparer l'un de l'autre. Vous deviez le suivre, disait-elle à milady; c'est moi qui vous retiens. Ah! malheureuse que je suis! laissez-moi seule, abandonnez-moi, et, en disant ces mots, elle pleurait amèrement. Plus Juliette voulait la dissiper, et plus elle augmentait ses peines. Tous les objets qui l'environnaient ne faisaient qu'effleurer ses sens, une seule idée occupait son ame. Il fallait une espèce de violence pour l'en distraire ; et, dès qu'on la laissait livrée à ses réflexions, à l'instant même sa pensée revolait vers l'objet qu'on lui avait fait quitter. Si devant elle on prononçait le nom de Nelson, une vive rougeur colorait son visage, son sein s'élevait, ses lèvres palpitaient, tout son corps était saisi d'un tremblement sensible. Juliette la surprenait à la promenade, traçant sur le sable, d'espace en espace, les lettres de ce nom chéri. Le portrait de Nelson décorait l'appartement de Juliette ; les yeux de Coraly ne manquaient jamais de s'y attacher dès qu'ils étaient libres : elle avait beau vouloir les en détourner ; ils y revenaient bientôt comme d'eux-mêmes, et par un de ces mouvements dont l'ame est complice et non pas confidente. L'ennui où elle était plongée se dissipait à cette vue, son ouvrage lui tombait des mains ; et tout ce que la douleur et l'amour ont de plus tendre animait alors sa beauté.

Lady Albury crut devoir encore éloigner cette faible image. Ce fut pour Coraly un malheur désolant. Son désespoir ne se modéra plus. Cruelle amie, dit-elle à Juliette, vous vous plaisez à m'affliger. Vous voulez que toute ma vie ne soit que douleur et amertume. Si quelque chose adoucit mes peines, vous me l'ôtez impitoyablement. C'est peu d'éloigner de moi celui que j'aime ; son ombre même a pour moi trop de charmes : vous m'enviez le plaisir, le faible plaisir de la voir. — Ah ! malheureuse enfant, que voulez-vous ? — L'aimer l'adorer, vivre pour lui, tandis qu'il vivra pour un autre. Je n'espère rien, je ne demande rien : mes mains me suffisent pour vivre, mon cœur me suffit pour aimer. Je vous suis importune, peut-être odieuse ; éloignez-moi de vous, et ne me laissez que cette image où son ame respire, où je crois du moins la voir respirer. Je le verrai, je lui parlerai, je me persuaderai qu'il voit couler mes larmes, qu'il entend mes soupirs, et qu'il en est touché. — Et pourquoi nourrir, ma chère Coraly, ce feu cruel qui vous consume. Je vous afflige, mais c'est pour votre bien, et pour le repos de Nelson. Voulez-vous le rendre malheureux ? Il le sera s'il sait que vous l'aimez, et plus encore s'il vous aime. Vous n'êtes pas en état d'entendre mes raisons ; mais ce penchant, que vous croyez si doux, serait le poison de sa vie. Ayez pitié, mon aimable enfant, de votre ami et de mon frère : épargnez-lui des remords, des combats qui le conduiraient au tombeau. Coraly frémit à ce discours. Elle pressa milady de lui dire ce que l'amour de Nelson pour elle aurait de funeste pour lui. M'expliquer davantage, lui dit Juliette, ce serait vous rendre odieux ce que vous devez à jamais chérir. Mais le plus saint de tous les devoirs lui interdit l'espoir d'être à vous.

Comment exprimer la désolation où l'ame de Coraly fut plongée ? Quelles mœurs, quel pays, disait-elle, où l'on ne peut pas disposer de soi, où le premier des biens, l'amour mutuel, est un mal effroyable ! Il faut donc que je tremble de voir Nelson ; il faut donc que je tremble de lui plaire. De lui plaire ! hélas ! j'aurais donné ma vie pour être un moment à ses yeux aussi aimable qu'il l'est aux miens. Eloignons-nous de ce bord funeste, où l'on se fait un malheur d'être aimée.

Coraly entendait parler tous les jours de vaisseaux qui faisaient voile pour sa patrie. Elle résolut de s'embarquer sans dire adieu à Juliette. Seulement un soir, à l'heure du sommeil, Juliette sentit qu'en lui baisant la main, ses lèvres la pressaient plus tendrement que de coutume, et qui'il lui échappait de profonds soupirs. Elle me quitte plus émue qu'elle ne le fut jamais, se dit Juliette alarmée ; ses yeux se sont attachés sur les miens avec l'expression de la plus vive tendresse et de la douleur. Que se passe-t-il de nouveau dans son ame ? Cette inquiétude la troubla toute la nuit ; et le lendemain matin elle envoya savoir si Coraly reposait encore. On lui apprit qu'elle était sortie seule et dans l'habit le plus simple, et qu'elle avait pris le chemin du port. Lady Albury se lève désolée, et fait courir après l'indienne. On la trouve à bord d'un vaisseau, y sollicitant une place, environnée de matelots, que sa beauté, ses graces et sa jeunesse, le son de sa voix, et surtout la naïveté de sa prière, ravissaient de surprise et d'admiration. Elle n'avait pour tout équipage que ce qu'exigeait le besoin. Tout ce qu'on lui avait donné de précieux, elle l'avait laissé, hors un petit cœur de cristal qu'elle avait reçu de Nelson.

Au nom de Lady Albury, elle céda sans résistance, et se laissa remmener. Elle parut devant elle un peu confuse de son évasion : mais à ses reproches elle répondit qu'elle était malheureuse et libre. — Eh quoi ! ma chère Coraly, ne voyez-vous ici, pour vous, que le malheur? — Si je n'y voyais que le mien, dit-elle, je ne m'éloignerais jamais : c'est le malheur de Nelson qui m'épouvante ; et c'est pour son repos que je veux le fuir.

Juliette ne savait que répondre : elle n'osait lui parler des droits que Blanford avait acquis sur elle : c'eût été le lui faire haïr, comme la cause de son malheur. Elle aima mieux diminuer ses craintes. Je n'ai pu vous dissimuler, lui dit-elle, tout le danger d'un inutile amour ; mais le mal n'est pas sans remède. Six mois d'absence, la raison, l'amitié ; que sais-je? un autre objet peut-être... L'indienne l'interrompit. — Dites la mort, voilà mon seul remède. Quoi ! la raison me guérira d'aimer le plus accompli, le plus digne des hommes! six mois d'absence me donneront une ame qui ne l'aime pas? le temps change-t-il la nature? L'amitié me plaindra; mais me guérira-t-elle? Un autre objet!..... vous ne le croyez pas; vous ne vous faites pas cette injure. Il n'y a pas deux Nelson dans le monde: mais, quand il y en aurait mille, je n'ai qu'un cœur, il est donné. C'est, dites-vous un don funeste: je ne le conçois pas, mais, si cela est, laissez-moi m'éloigner de Nelson, lui dérober ma vue et mes larmes. Il n'est pas insensible, il en serait ému; et, si c'est pour lui un malheur de m'aimer, la pitié pourrait l'y conduire. Hélas! qui peut se voir avec indifférence chérir comme un père, révérer comme un dieu? qui peut se voir aimer comme je l'aime, et ne pas aimer à son tour? Vous ne l'exposerez pas à ce péril, reprit Juliette: vous lui cacherez votre faiblesse, et vous en triompherez. Non, Coraly, ce n'est pas la force qui vous manque, c'est le courage de la vertu. — Hélas! j'ai du courage contre le malheur: mais en est-il contre l'amour? Et quelle vertu voulez-vous que je lui oppose? Elles sont toutes d'accord avec lui. Non, milady, vous avez beau dire: vous jetez des nuages dans mon esprit; vous n'y répandez aucune lumière. J'ai besoin de voir et d'entendre Nelson: il décidera de ma vie.

Lady Albury, dans la plus cruelle perplexité, voyant la malheureuse Coraly sécher et languir dans les larmes, et demander qu'on la laissa partir, se résolut à écrire à Nelson, qu'il vint dissuader cette enfant du dessein de retourner dans l'Inde, et la sauver du dégoût de la vie, qui la consumait tous les jours. Mais Nelson lui-même n'était pas moins à plaindre. A peine s'était-il éloigné de Coraly, qu'il avait senti le danger de la voir, par la répugnance qu'il avait à la fuir. Tout ce qui ne lui avait paru qu'un badinage auprès d'elle, devint sérieux par la privation. Dans le silence de la solitude, il avait interrogé son ame, il y avait trouvé l'amitié languissante, le zèle du bien public affaibli, presque éteint, et l'amour seul y dominant avec cet empire doux et terrible qu'il exerce sur les bons cœurs. Il s'aperçut, avec effroi, que sa raison même s'était laissé séduire. Les droits de Blanford n'étaient plus si sacrés; le crime involontaire de lui enlever le cœur de Coraly était au moins très-excusable: après tout l'Indienne était libre, et Blanford lui-même n'aurait pas voulu lui faire un devoir d'être à lui. Ah! malheureux, reprit Nelson épouvanté de ces idées, où m'égare un aveugle amour! Le poison du vice me gagne, mon cœur est déja corrompu. Est-ce à moi d'examiner si le dépôt qui m'est remis appartient à celui qui me le confie? m'en suis-je établi le juge, quand j'ai promis de le garder ? L'Indienne était libre ; mais le suis-je moi-même ? Douterais-je des droits de Blanford, si ce n'était pour les usurper ? Mon crime à commencé par être involontaire ; mais il ne l'est plus sitôt que j'y consens. Moi, justifier le parjure ! moi, trouver excusable un infidèle ami ! Qui te l'eût dit, en embrassant le vertueux Blanford, que tu révoquerais en doute s'il te serait permis de lui ravir celle qui doit être son épouse, et qu'il a remise à ta foi ? A quel excès l'amour avilit l'homme ! et quelle étrange révolution son ivresse a fait dans un cœur ! Ah ! qu'il déchire le mien, s'il veut, il ne le rendra ni perfide ni lâche ; et, si ma raison m'abandonne, ma conscience du moins ne me trahira pas. Sa lumière incorruptible, le nuage des passions ne peut l'obscurcir : voilà mon guide ; et l'amitié, l'honneur, la bonne foi ne sont pas encore sans appui.

Cependant l'image de Coraly le poursuivait sans cesse. S'il ne l'eût vue qu'avec tous ses charmes, parée de sa simple beauté, portant sur le front la sérénité de l'innocence, le sourire de la candeur sur les lèvres, le feu du désir dans les yeux, et, dans toutes les grâces de sa personne, l'air attrayant de la volupté, il eût trouvé dans ses principes, dans la sérénité de ses mœurs, de quoi résister à la tentation. Mais il croyait voir cette aimable enfant, aussi sensible que lui, plus faible, et n'ayant pour défense qu'une sagesse qui n'était pas la sienne, s'abandonner, innocemment à un penchant qui ferait son malheur : et la pitié qu'elle lui inspirait servait d'aliment à l'amour. Nelson s'accusait d'aimer Coraly ; mais il se pardonnait de la plaindre. Sensible aux maux qu'il allait lui causer, il ne pouvait se peindre ses larmes, sans penser aux beaux yeux qui devaient les répandre, au sein naissant qu'elles arroseraient : ainsi, la résolution de l'oublier la lui rendait encore plus chère. Il s'y attachait en y renonçant ; mais, à mesure qu'il se sentait plus faible, il devenait plus courageux. Cessons, disait-il, de vouloir nous guérir : je m'épuise en efforts inutiles ; c'est un accès qu'il faut laisser passer. Je brûle, je languis, je me meurs ; mais tout cela se borne à souffrir ; et je ne dois compte qu'à moi de ce qui se passe au dedans de moi-même. Pourvu qu'il ne m'échappe au dehors rien qui décèle ma passion, mon ami n'a point à se plaindre. Ce n'est qu'un malheur d'être faible, et j'ai le courage d'être malheureux.

Ce fut dans cette disposition de mourir plutôt que de trahir l'amitié, qu'il trouva la lettre de sa sœur. Il la lut avec une émotion, un saisissement inexprimables. O douce et tendre victime, disait-il, tu gémis ! tu veux t'immoler à mon repos et à mon devoir ! Pardonne, le ciel m'est témoin que je ressens plus vivement que toi les peines que je te cause. Puisse bientôt mon ami, ton époux, venir essuyer tes précieuses larmes ! Il t'aimera comme je t'aime ; il fera son bonheur du tien. Cependant il faut que je la voie pour la retenir et la consoler. Que je la voie ! à quoi je m'expose ! Ses grâces touchantes, sa douleur, son amour ; ses larmes que je fais couler et qu'il serait si doux de recueillir : ses soupirs que laisse échapper un cœur simple et sans artifice ; ce langage de la nature, où l'âme la plus sensible se peint avec tant de candeur : quelles épreuves à soutenir ! Que deviendrai-je ? et que puis-je lui dire ? N'importe, il faut la voir, lui parler en ami, en père, Je n'en serai, après l'avoir vue, que plus troublé, plus malheureux ; mais ce n'est pas de mon repos qu'il s'agit ; il y va du sien ; il y va surtout du bonheur d'un ami pour lequel il faut qu'elle vive. Je suis sûr de me vaincre moi-même ; et quelque pénible que soit le combat, il y aurait de la faiblesse et de la honte à l'éviter.

A l'arrivée de Nelson, Coraly tremblante et confuse, osait à peine se présenter à lui. Elle avait souhaité son retour avec ardeur, et, en le voyant, un froid mortel se glissa dans ses veines. Elle parut comme devant un juge qui allait d'un seul mot décider de son sort.

Quel fut l'attendrissement de Nelson, de voir les roses de la jeunesse fanées sur ses belles joues, et le feu de ses yeux presque éteint! Venez, dit Juliette à son frère, tranquilliser l'esprit de cette enfant, et la guérir de sa mélancolie. L'ennui la consume auprès de moi; elle veut retourner dans l'Inde.

Nelson, lui parlant avec amitié, voulut l'engager, par de doux reproches, à s'expliquer devant sa sœur; mais Coraly gardait le silence, et Juliette, qui s'aperçut qu'elle la gênait, s'éloigna.

Qu'avez-vous, Coraly? que vous avons-nous fait? lui dit Nelson; quelle douleur vous presse? — Ne le savez-vous pas? n'avez-vous pas dû voir que ma joie et ma douleur ne peuvent plus avoir qu'une cause? Cruel ami, je ne vis que pour vous; et vous me fuyez! Vous voulez que je meure!... Mais non, vous ne le voulez pas: on vous le fait vouloir; on fait plus, on exige de moi que je renonce à vous, et que je vous oublie. On m'épouvante, on me flétrit l'ame, et on vous oblige à me désespérer. Je ne vous demande qu'une grâce, poursuivit-elle en se jetant à ses genoux, c'est de me dire qui j'offense en vous aimant, quel devoir je trahis, et quel malheur je cause. Y a-t-il ici des tyrans assez rigoureux pour m'interdire le plus digne usage de mon cœur et de ma raison? Faut-il ne rien aimer dans le monde ; ou, si je puis aimer, pouvais-je mieux choisir ?

Ma chère Coraly, lui répondit Nelson, rien n'est plus vrai, rien n'est plus tendre que l'amitié qui m'attache à vous. Il serait impossible, il serait même injuste que vous n'y fussiez pas sensible. — Ah je respire : c'est là parler raison. — Mais, quoiqu'il fût bien doux pour moi d'être ce que vous avez de plus cher au monde, je ne puis y prétendre, et ne dois pas même y consentir. — Hélas ! je ne vous entends plus. — Lorsque mon ami vous a confié à ma foi, il vous était cher ? — Il l'est encore. — Vous eussiez fait votre bonheur d'être à lui? — Je le crois. — Vous n'aimiez rien tant que lui dans le monde ? — Je ne vous connaissais pas. — Blanford, votre libérateur, le dépositaire de votre innocence, en vous aimant, a droit d'être aimé. — Ses bienfaits me sont toujours présens : je le chéris comme un second père. — Eh bien ! sachez qu'il a résolu de vous unir à lui par un lien plus doux et plus sacré que celui des bienfaits. Il m'a confié la moitié de lui-même ; et, à son retour, il n'aspire qu'au bonheur d'être votre époux. — Ah ! dit Coraly soulagée, voilà donc l'obstacle qui nous sépare ? Soyez tranquille, il est détruit. — Comment ? – Jamais, jamais, je vous le jure, Coraly ne sera l'épouse de Blanford. — Il faut que cela soit. — Cela n'est pas possible ; Blanford lui-même l'avouera. — Quoi ! celui qui vous a reçue de la main d'un père expirant, et qui lui-même vous a servi de père ! — A ce titre sacré, je révère Blanford; mais qu'il n'exige rien plus. — Vous avez donc résolu son malheur? — J'ai résolu de ne tromper personne. Si je m'étais donnée à Blanford, et que Nelson me demandât ma vie, je donnerais ma vie à Nelson, je serais parjure à Blanford. — Que dites-vous ? — Ce que j'oserais dire à Blanford lui-même. Et pourquoi dissimuler? Est-ce de moi qu'il dépend d'aimer ? — Ah ! que vous me rendez coupable ! — Vous ? et de quoi ? d'être aimable à mes yeux ? Ah ! le ciel dispose de nous. C'est lui qui a donné à Nelson ces grâces et ces vertus qui m'enchantent; c'est lui qui m'a donné cette ame qu'il a faite exprès pour Nelson. Si l'on savait comme elle en est remplie, comme il est impossible qu'elle aime rien plus que vous, rien comme vous !... Ah ! qu'on ne me parle jamais de vivre, si ce n'est pas pour vous que je vis. — Et c'est ce qui me désespère. De quels reproches mon ami n'a-t-il pas droit de m'accabler ! — Lui? et de quoi peut-il se plaindre? qu'a-t-il perdu? que lui avez-vous ravi? J'aime Blanford comme un père tendre; j'aime Nelson comme moi-même, et plus que moi-même : ces sentiments ne sont pas exclusifs. Si Blanford m'a remise en vos mains comme un dépôt qui était à lui, ce n'est pas vous, c'est lui qui est injuste. — Hélas ; c'est moi qui vous oblige à le réclamer, ce bien que je lui enlève : il serait à lui, s'il n'était pas à moi ; et le gardien en est le ravisseur. — Non, mon ami, soyez équitable. J'étais à moi, je suis à vous ; moi seule j'ai pu me donner, et c'est à vous que je me suis donnée. En attribuant à l'amitié des droits qu'elle n'a pas, c'est vous qui les usurpez pour elle ; et vous vous rendez complice de la violence qu'on me fait. — Lui, mon ami, vous faire violence ! — Et que m'importe qu'il l'exerce lui-même, ou que vous l'exerciez pour lui ? en suis-je moins traitée en esclave ? Un seul intérêt vous occupe et vous touche ; mais qu'un autre que votre ami voulût me retenir captive, loin d'y souscrire, ne vous feriez-vous pas une gloire de m'affranchir ? Ce n'est donc que pour l'amitié que vous trahissez la nature ! Que dis-je, la nature ! Et l'amour, Nelson, l'amour aussi n'a-t-il pas ses droits ? N'y a-t-il pas quelque loi parmi vous en faveur des ames sensibles ? Est-il juste et généreux d'accabler, de désespérer une amante, et de déchirer sans pitié un cœur dont le seul crime est de vous aimer ?

Les sanglots lui coupèrent la voix : et Nelson, qui l'en vit suffoquée, n'eut pas même le temps d'appeler sa sœur. Il se hâte de dénouer les rubans qui tenaient son sein à la gêne ; et alors tout ce que la jeunesse, dans sa fleur, a de charmes, fut dévoilé aux yeux de cet amant passionné. La frayeur dont il était saisi l'y rendit d'abord insensible; mais, lorsque l'indienne, reprenant ses esprits, et se sentant presser dans ses bras, trésaillit d'amour et de joie, et qu'en ouvrant ses beaux yeux languissants, elle chercha les yeux de Nelson: puissance du ciel, dit-il, soutenez-moi; toute ma vertu m'abandonne: vivez, ma chère Coraly. — Vous voulez que je vive, Nelson? vous voulez donc que je vous aime? — Non, je serais parjure à l'amitié, je serais indigne de voir la lumière, indigne de revoir mon ami. Hélas! il me l'avait prédit, et je n'ai pas daigné l'en croire. J'ai trop présumé de mon cœur. Ayez-en pitié, Coraly, de ce cœur que vous déchirez. Laissez-moi vous fuir et me vaincre. — Ah! tu veux ma mort, lui dit-elle en tombant de défaillance à ses genoux. Nelson, qui croit voir expirer ce qu'il aime, se précipite pour l'embrasser, et se retenant tout-à-coup à la vue de Juliette: Ma sœur, dit-il, secourez-la, C'est à moi de mourir. En achevant ces mots, il s'éloigne.

Où est-il? demanda Coraly en ouvrant les yeux. Que lui ai-je fait? pourquoi me fuir? Et vous, Juliette, plus cruelle encore, pourquoi me rappeler à la vie?

Sa douleur redoubla quand elle apprit que Nelson venait de partir; mais la réflexion lui rendit un peu d'espoir et de courage. Le trouble et l'attendrissement que Nelson n'avait pu lui dissimuler, l'effroi dont elle l'avait vu saisi, les paroles tendres qui lui étaient échappées, et la violence qu'il s'était faite pour se vaincre et pour s'éloigner, tout lui persuada qu'elle était aimée. S'il est vrai, dit-elle, je suis heureuse. Blanford reviendra, je lui avouerai tout; il est trop juste et trop généreux pour vouloir me tyranniser. Mais cette illusion fut bientôt dissipée.

Nelson reçut à la campagne, une lettre de son ami qui lui annonçait son retour.

« J'espère, disait-il à la fin de sa lettre, me voir dans trois mois réuni à tout ce que j'aime. Pardonne, mon ami, si je t'associe dans mon cœur l'aimable et tendre Coraly. Mon ame fut longtemps à toi seul; aujourd'hui elle se partage. Je fais mon bonheur de l'une et de l'autre; je fais mon bonheur de penser que, par tes soins et les soins de ta sœur, je reverrai ma chère pupille, l'esprit orné de nouvelles connaissances, l'ame enrichie de nouvelles vertus, plus aimable, s'il est possible, et plus disposée à m'aimer. Ce sera pour moi la félicité pure, de posséder en elle un de vos bienfaits. »

Lisez cette lettre, écrivait Nelson à sa sœur, et la faites lire à Coraly. Quelle leçon pour moi! quel reproche pour elle.

C'en est fait, dit Coraly après l'avoir lue,

je ne serai jamais à Nelson ; mais qu'il n'exige pas que je sois à un autre. La liberté de l'aimer est un bien auquel je ne puis renoncer. Cette résolution la soutint : et Nelson, dans sa solitude, était bien plus malheureux qu'elle.

Par quelle fatalité, disait-il, ce qui fait le charme de la nature et les délices de tous les cœurs, le bien d'être aimé, fait-il mon supplice ? Que dis-je, être aimé ! ce n'est rien : mais être aimé de ce que j'aime ! toucher au bonheur ! n'avoir qu'à m'y livrer !..... Ah ! tout ce que je puis, c'est de fuir : inviolable et sainte amitié, n'en demande pas davantage. En quel état j'ai vu cette enfant ! en quel état je l'ai abandonnée ! Elle a bien raison de le dire, elle est esclave de mes devoirs. Je l'immole comme une victime : et c'est à ses dépens que je suis généreux. Il y a donc des vertus qui blessent la nature ; et, pour être honnête, on est donc obligé d'être injuste et cruel ! O mon ami ! puisses-tu recueillir le fruit des efforts qu'il m'en coûte, jouir du bien que je te cède, et vivre heureux de mon malheur ! Oui, je désire qu'elle t'aime : je le désire, le ciel m'en est témoin : et de toutes mes peines la plus sensible est de douter du succès de mes vœux.

Il n'était pas possible que la nature se soutînt dans un état si violent. Nelson, après de longs combats, cherchait le repos : plus de repos pour lui. Sa constance enfin s'épuisa, et son ame découragée tomba dans une langueur mortelle. La faiblesse de sa raison, l'inutilité de sa vertu, l'image d'une vie pénible et douloureuse, le vide et le néant où tomberait son ame s'il cessait d'aimer Coraly, les maux sans relâche qu'il avait à souffrir s'il l'aimait toujours, et plus encore l'idée effrayante de voir, d'envier, de haïr peut-être un rival dans son fidèle ami, tout lui faisait un tourment de la vie, tout le pressait d'en abréger le cours. Des motifs plus forts le retinrent. Il n'était pas dans les principes de Nelson qu'un homme, un citoyen pût disposer de soi. Il se fit une loi de vivre, consolé d'être malheureux, s'il pouvait encore être utile au monde, mais consumé d'ennui et de tristesse, et devenu comme insensible à tout.

Le temps marqué pour le retour de Blanford approchait. Il était essentiel que tout fût disposé pour lui cacher le mal qu'avait fait son absence : et qui résoudrait Coraly à dissimuler, si ce n'était Nelson ? Il revint donc à Londres, mais languissant, abattu, au point d'en être méconnaissable. Sa vue accabla de douleur Juliette ; et quelle impression ne fit-elle pas sur l'ame de Coraly ! Nelson prit sur lui pour les rassurer ; mais cet effort même acheva de l'abattre. La fièvre lente qui le consumait, redoubla : il fallut céder ; et ce fut alors un nouveau combat entre sa sœur et la jeune indienne. Celle-ci ne voulait pas quitter le chevet du lit de Nelson. Elle demandait instamment qu'on agréât ses soins et ses veilles. On l'éloignait par pitié pour elle et par ménagement pour lui ; mais elle n'en goûtait pas davantage le repos qu'on voulait lui rendre. A tous les instants de la nuit, on la trouvait errante autour de l'appartement du malade, ou immobile sur le seuil de la porte, les larmes aux yeux, l'ame sur les lèvres, l'oreille attentive aux bruits les plus légers, qui tous la glaçaient de frayeur.

Nelson s'aperçut que sa sœur ne la lui laissait voir qu'à regret. Ne l'affligez pas, lui dit-il, cela est inutile, la sévérité n'est plus de saison ; c'est par la douceur et la patience qu'il faut tâcher de nous guérir.

Coraly, ma bonne amie, lui dit-il un jour qu'ils étaient seuls avec Juliette, vous donneriez bien quelque chose pour me rendre la santé, n'est-ce pas ? — O ciel ! je donnerais ma vie. — Vous pouvez me guérir à moins. Nos préjugés sont peut-être injustes, et nos principes inhumains ; mais l'honnête homme en est esclave. Je suis l'ami de Blanford dès l'enfance, il compte sur moi comme sur lui-même ; et le chagrin de lui enlever un cœur, dont il m'a fait le dépositaire, creuse tous les jours mon tombeau. Vous pouvez voir si j'exagère. Je ne vous cache pas la source du poison lent qui me consume. Vous seule pouvez la tarir. Je ne l'exige pas : vous serez toujours libre ; mais on chercherait vainement un autre remède à mon mal. Blanford arrive. S'il s'aperçoit de votre éloignement pour lui, si vous lui refusez cette main qui, sans moi, lui était accordée, soyez bien sûre que je ne survivrai pas à son malheur et à mes remords. Nos embrassemens seront nos adieux. Consultez-vous, ma chère enfant ; et, si vous voulez que je vive, réconciliez-moi avec moi-même, justifiez-moi envers mon ami. — Ah ! vivez et disposez de moi, lui dit Coraly s'oubliant elle-même ; et ces mots désolants pour l'amour portèrent la joie au sein de l'amitié.

Mais, reprit l'indienne après un long silence, comment puis-je me donner à celui que je n'aime plus, le cœur plein de celui que j'aime ? — Mon enfant, dans une ame honnête le devoir triomphe de tout. En perdant l'espoir d'être à moi, vous en perdrez bientôt l'idée. Il vous en coûtera sans doute ; mais il y va de ma vie : et vous aurez la consolation de m'avoir sauvé. — C'est tout pour moi : je me donne à ce prix. Sacrifiez votre victime ; elle gémira, mais elle obéira. Vous, cependant, Nelson, vous, la vérité même, vous voulez que je me déguise, que j'en impose à votre ami ! m'instruirez-vous dans l'art de feindre ? — Non, Coraly, la feinte est inutile. Je n'ai pas eu le malheur d'éteindre en vous la reconnaissance, l'estime, la douce amitié : ces sentiments sont dûs à votre bienfaiteur, et ils suffisent à votre époux : ne lui en marquez pas davantage. Quant à ce penchant qui n'est pas pour lui, vous lui en devez le sacrifice et non pas l'aveu. Ce qui nuirait s'il était connu, doit demeurer à jamais caché : et la vérité dangereuse a le silence pour asile.

Juliette abrégea cette scène trop pénible pour l'un et pour l'autre. Elle emmena Coraly avec elle ; et il n'est point de caresses et d'éloges qu'elle n'employât pour la consoler. C'est ainsi, disait la jeune Indienne, avec un sourire plein d'amertume, que, sur le Gange, on flatte la douleur d'une veuve qui va se dévouer aux flammes du bûcher de son époux. On la pare, on la couronne de fleurs, on l'étourdit par des chants de louanges. Hélas ! son sacrifice est bientôt consommé : le mien sera cruel et durable. Ma bonne amie, je n'ai pas dix-huit ans ; que de larmes encore à répandre, d'ici au moment où mes yeux se fermeront pour jamais ! Cette idée mélancolique fit voir à Juliette une ame absorbée dans sa douleur. Il ne s'agissait plus de la consoler, mais de s'affliger avec elle. La complaisance, la persuasion, l'indulgente et sensible pitié, tout ce que l'amitié a de plus délicat, fut mis en usage inutilement.

Enfin l'on apprend que Blanford arrive ; et Nelson, tout faible et défaillant qu'il est, va le recevoir et l'embrasser au port. Blanford, en le voyant, ne put dissimuler son inquiétude. Rassure-toi, lui dit Nelson, j'ai été bien mal ; mais ma santé revient. Je te revois ; et la joie est un baume qui va bientôt me ranimer. Je ne suis pas le seul dont la santé se soit ressentie de ton absence. Ta pupille est un peu changée : l'air de nos climats y peut contribuer. Du reste, elle a fait des progrès sensibles : son esprit, ses talents se sont développés ; et, si l'espèce de langueur où elle est tombée se dissipe, tu posséderas ce qui est assez rare, une femme en qui la nature ne laisse rien a désirer.

Blanford ne fut donc point surpris de trouver Coraly faible et languissante : mais il en fut vivement touché. Il semble, dit-il, que le ciel ait voulu modérer ma joie, et me punir de l'impatience que mes devoirs me causaient loin de vous. Me voilà libre et rendu à moi-même, rendu à l'amour et à l'amitié. Ce mot d'amour fit frémir Coraly. Blanford s'apperçut de son trouble. Mon ami, lui dit-il, a dû vous préparer à l'aveu que vous venez d'entendre. — Oui, vos bontés me sont connues : mais puis-je en approuver l'excès ? — Voilà un langage qui se ressent de la politesse d'Europe ; daignez l'oublier avec moi. Naïve et tendre Coraly, j'ai vu le temps où si je vous avais dit : Veux-tu que l'hymen nous unisse ? Vous m'auriez répondu sans détour, j'y consens, ou bien, je n'y puis consentir, usez de la même franchise. Je vous aime, Coraly, mais je vous aime heureuse; votre malheur ferait le mien. Nelson tremblant, regardait Coraly, et n'osait prévoir sa réponse. J'hésite, dit-elle à Blanford, par une crainte pareille à la vôtre. Tant que je n'ai vu en vous qu'un ami, qu'un second père, j'ai dit en moi-même : Il sera content de ma vénération et de ma tendresse; mais, si le nom d'époux se mêle à des titres déjà si saints, que n'avez-vous pas droit d'attendre? ai-je de quoi m'acquitter envers vous? — Ah! cette aimable modestie est digne d'orner tes vertus. Oui, moitié de moi-même, tes devoirs sont remplis, si tu réponds à ma tendresse. Ton image m'a suivi partout. Mon ame revolait vers toi, à travers les abîmes qui nous séparaient. J'ai appris le nom de Coraly aux échos d'un autre univers. Madame, dit-il à Juliette, pardonnez si je vous envie le bonheur de la posséder. Il est temps bientôt que je veille moi-même à une santé qui m'est si précieuse. Je vous laisserai le soin de celle de Nelson : c'est un dépôt qui ne m'est pas moins cher. Vivons heureux, mes amis; c'est vous qui m'avez fait sentir le prix de la vie; et, en l'exposant, j'ai souvent éprouvé que j'y tenais par de puissants liens.

Il fut décidé que dans moins de huit jours Coraly serait l'épouse de Blanford. En attendant, elle était encore auprès de Juliette ; et Nelson ne la quittait pas. Mais son courage s'épuisait à soutenir celui de la jeune Indienne. Avoir sans cesse à dévorer ses larmes, en essuyant les pleurs d'une amante, qui, tantôt désolée à ses pieds, tantôt défaillante et tombant dans ses bras, le conjurait d'avoir pitié d'elle ; l'entendre sans cesse exprimer ce que l'amour et la douleur ont de plus touchant, sans se permettre un moment de faiblesse, et sans cesser de lui rappeler sa cruelle résolution ; ce tourment paraît au-dessus de toutes les forces de la nature : aussi la vertu de Nelson l'abandonnait-elle à chaque instant. Laissez-moi, lui disait-il, malheureuse enfant ! je ne suis pas un tigre ; j'ai une âme sensible, et vous la déchirez. Disposez de vous-même, disposez de ma vie ; mais laissez-moi mourir fidèle à mon ami. — Et puis-je, au péril de vos jours, faire usage de ma volonté ? Ah ! Nelson, du moins promettez-moi de vivre, non plus pour moi, mais pour une sœur qui vous adore. — Je vous tromperais, Coraly, en vous promettant de survivre au malheur que j'aurais causé. Non que je veuille attenter sur moi-même, mais voyez l'état où ma douleur m'a mis ; voyez l'effet de mes remords et de ma honte anticipée : en serais-je moins inexorable à moi-même, quand le crime serait achevé ? Hélas ! vous me parlez de crime ; ce n'en est donc pas un de me tyranniser ? Vous êtes libre ; je n'exige plus rien ; je ne sais pas même quels sont vos devoirs, mais je sais trop quels sont les miens, et je ne veux pas les trahir.

C'est ainsi que leurs entretiens ne servaient qu'à les désoler. Mais la présence de Blanford était pour eux plus accablante encore. Chaque jour il venait les entretenir, non pas de stériles propos d'amour, mais des soins qu'il se donnait pour que dans sa maison tout respirât l'agrément et l'aisance, que tout y prévînt les désirs de sa femme, et contribuât à son bonheur. Si je meurs sans enfants, disait-il, la moitié de mon bien est à elle, l'autre moitié est à celui qui, après moi, saura lui plaire et la consoler de m'avoir perdu. C'est toi, Nelson, que cela regarde. On ne vieillit guère au métier que je fais ; remplace-moi quand je ne serai plus. Je n'ai point l'odieux orgueil de vouloir que ma veuve soit fidèle à mon ombre. Coraly est faite pour embellir le monde, et pour enrichir la nature des fruits de sa fécondité.

Il est plus aisé de concevoir que de décrire la situation de nos deux amans. L'attendrissement et la confusion étaient les mêmes dans l'un et dans l'autre ; mais il y avait pour Nelson une espèce de soulagement à voir Coraly en de si dignes mains, au lieu que les bienfaits et l'amour de Blanford étaient pour elle un tourment de plus. En perdant Nelson, elle eût préféré l'abandon de la nature entière aux soins, aux bienfaits, à l'amour de tout ce qui n'était pas lui. Il fut décidé cependant, de l'aveu même de cette infortunée, qu'il n'y avait plus à balancer, et qu'il fallait qu'elle subît son sort.

Elle fut donc amenée en victime dans cette maison qu'elle avait chérie comme son premier asile, et qu'elle redoutait comme son tombeau. Blanford l'y reçoit en souveraine, et ce qu'elle ne peut lui cacher du violent état de son ame, il l'attribue à la timidité, au trouble qu'inspire à son âge, l'approche du lit nuptial.

Nelson avait ramassé toutes les forces d'une ame stoïque, pour se présenter à cette fête avec un visage serein.

On fit lecture de l'acte que Blanford avait fait dresser. C'était d'un bout à l'autre un monument d'amour, d'estime et de bienfaisance. Les larmes coulèrent de tous les yeux, et même des yeux de Coraly.

Blanford s'approche respectueusement; et lui tendant la main: Venez, dit-il, ma bien aimée, donner à ce gage de votre foi, à ce titre du bonheur de ma vie, la sainteté inviolable dont il doit être revêtu.

Coraly, se faisant à elle-même la dernière violence, eut à peine la force d'avancer et de porter la main à la plume. Au moment qu'elle veut signer, ses yeux se couvrent d'un nuage ; tout son corps est saisi d'un tremblement soudain ; ses genoux fléchissent ; elle allait tomber, si Blanford ne l'eût soutenue. Interdit, glacé de frayeur, il regarde Nelson, et il lui voit la pâleur de la mort sur le visage. Milady s'était précipitée vers Coraly pour la secourir. O ciel ! s'écrie Blanford, qu'est-ce que je vois ? La douleur, la mort m'environnent. Qu'allais-je faire ? que m'avez-vous caché ? Ah ! mon ami ; serait-il possible. Revoyez le jour, ma chère Coraly ; je ne suis point cruel, je ne suis point injuste : je ne veux que votre bonheur.

Les femmes qui environnaient Coraly s'empressaient à la ranimer ; et la décence obligeait Nelson et Blanford à se tenir éloignés d'elle. Mais Nelson demeurait immobile, et les yeux baissés comme un criminel. Blanford vient à lui, le serre dans ses bras. Ne suis-je plus ton ami ? lui dit-il ; n'es-tu pas toujours la moitié de moi-même ? Ouvre-moi ton cœur, dis-moi ce qui s'y passe.... Mais non, ne me dis rien ; je sais tout. Cette enfant, n'a pu te voir, t'entendre, vivre auprès de toi sans t'aimer. Elle est sensible, elle a été touchée de ta bonté, de tes vertus. Tu l'as condamnée au silence, tu as exigé d'elle qu'elle consommât le plus douloureux sacrifice. Ah ! Nelson, s'il était accompli, quel malheur ! Le juste ciel ne l'a pas voulu ; la nature, à qui tu faisais violence, a repris ses droits. Ne t'en afflige pas, c'est un crime qu'elle t'épargne. Oui, le dévouement de Coraly était le crime de l'amitié. Je l'avoue, répondit Nelson en se jetant à ses genoux; j'ai fait, sans le vouloir, ton malheur et le mien, celui de cette fille aimable; mais j'atteste la foi, l'amitié, l'honneur... Laisse-là tes serments, interrompit Blanford, ils nous outragent l'un et lautre. Va, mon ami, poursuivit-il en le relevant, tu ne serais pas dans mes bras si j'avais pu te soupçonner d'une honteuse perfidie. Ce que j'avais prévu est arrivé, mais sans ton aveu. Ce que je viens de voir en est la preuve; et cette preuve même est inutile, ton ami n'en a pas besoin. Il est certain, reprit Nelson, que je n'ai à me reprocher que ma présomption et mon imprudence. Mais c'en est assez, et j'en serai puni. Coraly ne sera point à toi, mais je ne serai point à elle. Est-ce ainsi que vous répondez à un ami généreux? lui répliqua Blanford d'un ton ferme et sévère. Vous croyez-vous obligé avec moi à de puérils ménagements? Coraly ne sera point à moi, parce qu'elle ne serait point heureuse avec moi. Mais un mari honnête homme, que sans vous elle aurait aimé, est pour elle une perte dont vous êtes la cause, et c'est à vous de la réparer. Le contrat est dressé, l'on va changer les noms; mais j'exige que les articles restent. Ce que je donnais à Coraly en qualité d'époux, je le lui donne en qualité d'ami, ou, si vous voulez en qualité de père. Nelson, ne me faites pas rougir par un refus humiliant. Je suis confondu, et ne suis point surpris, lui dit Nelson, de cette générosité qui m'accable. C'est à moi d'y souscrire avec confusion, et de la révérer en silence. Si je ne savais pas combien le respect se concilie avec l'amitié je n'oserais plus vous nommer mon ami.

Pendant cet entretien, Coraly était revenue à elle-même, et revoyait avec frayeur la lumière qui lui était rendue. Quelle fut sa surprise, et la révolution qui tout-à-coup se fit dans son ame! Tout est connu, tout est pardonné, lui dit Nelson en l'embrassant · tombez aux pieds de notre bienfaiteur, c'est de sa main que je reçois la vôtre. Coraly voulut se répandre en actions de grâces. Vous êtes un enfant, lui dit Blanford, il fallait me tout avouer. N'en parlons plus; mais n'oublions jamais qu'il est des épreuves auxquelles la vertu même fait bien de ne pas s'exposer.

FIN.

www.ingramcontent.com/pod-product-compliance
Lightning Source LLC
Chambersburg PA
CBHW060435260626
47161CB00005B/1940

* 9 7 8 2 0 1 1 2 7 8 2 7 2 *